Coleção Abelha: Mel & Ferrão

O leitor de *A Divina Comédia* conhecia muitos dos personagens de Dante Alighieri. Alguns deles eram, inclusive, parentes ou amigos dos leitores. O autor vivia refugiado numa outra cidade por ser detestado pelos mandantes epocais da sua Florença natal. Os leitores de Camões, Cervantes e Shakespeare, alguns séculos depois, fizeram e fazem algo semelhante. Os leitores de Machado de Assis e de outros tantos autores brasileiros não conheceram seus personagens, mas a alguns deles, que nunca existiram, conhecem muito bem: Capitu, Diadorim, Paulo Honório e até uma cachorrinha chamada Baleia não lhes são estranhos.

Quem são os autores brasileiros contemporâneos? Que livros escreveram, o que dizem suas obras, qual é seu estilo, qual seu modo de contar o que nos contam? E por que nos contam o que nos contam, requerendo nossa atenção?

A coleção **Abelha: Mel & Ferrão** foi inspirada no provérbio que ensina ser este inseto muito didático, pois nos dá o mel, mas também ferroadas, sobretudo como defesa. Autores trazem comoventes doçuras, mas fazem críticas doloridas. Os leitores precisam conhecer, para benefícios mútuos, tanto o mel quanto a ferroada. Os brasileiros já leram muito outrora e voltaram a ler de novo. Mas estão lendo o quê? Seus autores escreveram sobre o quê e como? Vale a pena ler seus livros para saber.

O Grupo Editorial Almedina lança esta coleção de autores e de obras de qualidade. Há boas opções de leitura para todos os gostos nesse novo tempo.

Temas e problemas que são nossos velhos conhecidos, tão antigos quanto a condição humana, reaparecem de um modo que os leitores jamais viram.

É só escolher autores e livros de sua preferência e recomeçar. Ou começar, se for o caso.

Deonísio da Silva e Marco Pace
Editores da Coleção

Ernani Buchmann

Tiranos

COLEÇÃO ABELHA· MEL & FERRÃO

Ernani Buchmann

Tiranos

Ditadores Latino-americanos na Literatura

TIRANOS
DITADORES LATINO-AMERICANOS NA LITERATURA
© Almedina, 2021
AUTOR: Ernani Buchmann

DIRETOR DA ALMEDINA BRASIL: Rodrigo Mentz
EDITORES COLEÇÃO ABELHA: MEL & FERRÃO: Deonísio da Silva e Marco Pace

REVISÃO: Sol Coelho
DIAGRAMAÇÃO: Almedina
DESIGN DE CAPA: Roberta Bassanetto

IMAGEM DE CAPA: iStock.com/svetolk e Daniel Rampazzo

ISBN: 9786586618426
Julho, 2021

Dados Internacionais de Catalogação na Publicação (CIP)
(Câmara Brasileira do Livro, SP, Brasil)

Buchmann, Ernani
Tiranos : ditadores latino-americanos na literatura / Ernani Buchmann.
-- 1. ed. – São Paulo : Edições 70, 2021.

ISBN 978-65-86618-42-6

1. America Latina - Civilização 2. Ditadura - América do Sul
3. Ditadura militar 4. Política internacional I. Título

21-66326	CDD-320.9

Índices para catálogo sistemático:

1. Ditaduras : Século 20 : História política 320.9

Aline Graziele Benitez - Bibliotecária - CRB-1/3129

Este livro segue as regras do novo Acordo Ortográfico da Língua Portuguesa (1990).

Todos os direitos reservados. Nenhuma parte deste livro, protegido por copyright, pode ser reproduzida, armazenada ou transmitida de alguma forma ou por algum meio, seja eletrônico ou mecânico, inclusive fotocópia, gravação ou qualquer sistema de armazenagem de informações, sem a permissão expressa e por escrito da editora.

EDITORA: Almedina Brasil
Rua José Maria Lisboa, 860, Conj.131 e 132, Jardim Paulista | 01423-001 São Paulo | Brasil
editora@almedina.com.br
www.almedina.com.br

A morte de um ditador não liquida esta raça espúria.
(Mario Vargas Llosa)

O autor faz questão de agradecer a Darci Piana, Fábio Campana, Miran, Deonísio da Silva, Dante Mendonça, Roberto Muggiati, Eduardo Rocha Virmond e Vera Andrion pelas contribuições oferecidas à execução deste trabalho.

DIANTE DO ESPELHO

Herdeiros da cultura latina e francesa, mas descendentes de ibéricos que, como toda a periferia bárbara da Europa, não tiveram um Renascimento racionalista e científico; criados em um continente novo e imenso, somos parte do caldo de cultura que gestou uma extensa e rica literatura sobre a experiência que desde a formação dos estados nacionais, no século XIX, conta a história de regimes autoritários cujas marcas são sentidas ainda hoje.

Ernani Buchmann nos dá neste livro "Os Tiranos" uma seleção rigorosa dos títulos mais representativos dessa vertente literária e sintetiza um painel do processo histórico latino-americano. É obra de leitura crítica acumulada durante décadas que Buchmann generosamente oferece. Uma leitura deliciosa. O texto flui sem nunca desprezar um fino traço de humor.

A opereta nos leva a uma viagem fantástica pelos países latino-americanos, quase todos, que padecem ou padeceram sob o mando de ditadores que recorreram à força ou a manobras oportunistas para impor suas decisões. Personagens quase sempre tragicômicos no abuso de seu poder e que carregam marcas do ridículo ou do absurdo. Trágico é o legado que deixaram: um continente em que grandes massas da população permanecem mergulhadas no atraso e na pobreza.

Buchmann nos apresenta um longo desfile de aberrações. Os processos históricos foram dominados por ditadores e ditaduras reais que parecem emergir de um universo de ficção. Sobre isso, García Márquez disse que na América Latina e no Caribe os artistas tiveram que inventar muito pouco, e talvez o seu problema tenha sido o oposto, tornar crível a sua realidade. Imaginem a dificuldade para narrar a vida de Duvalier, no Haiti, que mandou exterminar os cães negros em todo o país porque acreditava que um de seus inimigos, tentando escapar de sua ira, tinha se transformado num cão negro que poderia atacá-lo. Sua ordem foi acatada e executada.

Octavio Paz dizia que um dos piores males da América Latina é que não tivemos século XVIII. No tempo em que aconteciam as Revoluções Americana e Francesa e se fundava o mundo moderno, em pleno Século das Luzes, éramos governados por Dona Maria, a Louca, e esquartejávamos Tiradentes. É verdade que desde então progredimos muito. Hoje, mesmo nas horas mais escuras do mais pesado arbítrio, nenhum governante ousaria esquartejar um inconfidente, ao menos em público. Só os esquadrões paramilitares ou as milícias dessa catadura ainda fazem isso.

É nesse universo de delírio político insano que Buchmann mergulhou para ler tudo que se escreveu de importante da vasta literatura de ditadores e ditaduras. O título de seu livro é perfeito. Não há outro para um livro que lembra o general Antonio Lopez de Santa Anna, que subiu ao poder por 11 vezes e sempre que ascendeu mandou realizar funerais esplêndidos na catedral da cidade do México para a sua perna que fora amputada na famosa batalha da Guerra dos Pastéis, em que os galeões franceses bombardearam a cidade do México em represália à invasão da pastelaria de um francês em Veracruz.

TIRANOS

Leitura que vai de *Amalia*, de 1851, do argentino José Mármol, considerado o primeiro de uma longa e extraordinária série de romances que fazem a crítica dos regimes autoritários. Mármol conta uma trágica história de amor destruída pela arbitrariedade do governo de Juan Manuel de Rosas. Há preciosidades de leitura obrigatória. As relações ambíguas de identidade com a Europa vividas por outro ditador estão pintadas com maestria pelo cubano Alejo Carpentier em *O Recurso do Método*, de 1974. O personagem central é o Primeiro Magistrado, ditador de um fictício país caribenho, no começo do século passado. Carpentier assume que se inspirou em vários ditadores – entre eles o cubano Gerardo Machado, o guatemalteco Estrada Cabrera e o mexicano Porfirio Díaz – para compor o Primeiro Magistrado. O personagem venera o refinamento da cultura europeia. Mas se esquece dela quando necessita exercitar "sua mão de ferro", perseguindo com violência seus inimigos. Acaba deposto e termina seus dias exilado em Paris.

García Márquez também retrata a morte de um velho e solitário ditador em "O Outono do Patriarca" (1974). No final do romance, Simon Bolívar percebe que havia chegado "à ignomínia de mandar sem poder, de ser exaltado sem glória e de ser obedecido sem autoridade". Conclui que havia compensado seu "destino infame" com o "culto abrasador do vício solitário do poder", terminando como seu prisioneiro, sem possibilidade de escapar.

Outro clássico é o balanço da vida do ditador retratado por Augusto Roa Bastos, em *Eu o Supremo*, de 1974, que conta a vida de José Gaspar de Francia, ditador do Paraguai, entre 1814 e 1840. O livro toma a forma de diário do próprio Francia. Roa Bastos também transcreve documentos e incorpora vozes de outros narradores, incluindo o compilador do material.

E é este compilador que, ao final, morto o ditador, resume o que deve permanecer na memória dos leitores, exprimindo o juízo para a posteridade sobre o regime de Francia. "Estás igualmente condenado. Para ti não há resgate possível. Os outros serão comidos pelo esquecimento. Tu, ex-Supremo, és quem deve dar conta de tudo e pagar até o último quadrante..."

O pano de fundo é sempre a farsa da política. A democracia, muito invocada nos discursos de ocasião, é um híbrido de antigas aspirações libertárias, filhas da influência inglesa e francesa sobre as nossas elites. Arrancam aplausos nos salões e nas solenidades pátrias. Mas a realidade contraria a retórica. São povos e países que cresceram sob tutelas diversas. Repúblicas e monarquias caboclas que comemoram a independência, a liberdade, mas são governadas muito mais à maneira autoritária do que dos modelos europeus usados nas pregações demagógicas.

Pode-se dizer que aqui, na periferia do mundo, o verdadeiro nome da democracia é caudilhismo e o do ideário de liberdades e direitos fundamentais, autoritarismo. É nossa sina. Povos que não compreendem e nunca experimentaram regimes de liberdade plena e de longa duração, se convencem facilmente das insubstituíveis virtudes cívicas e até domésticas da intervenção do governante em todos os planos e em todos os assuntos da vida. Se necessário e quase sempre com o uso da força, para manter a ordem e incentivar o progresso.

Sigam este roteiro traçado pelo Ernani Buchmann. Verão que é também uma maneira de nos olharmos no espelho que recusamos. Para perceber que as tentações de líderes populistas ainda hoje se erguem sobre a mentalidade de povos marcados pelo vinco paternalista, senhorial, arbitrário, tão presente no povo e nas instituições. Terreno fértil para a ascensão de líderes messiânicos capazes de empolgar maiorias. Somos, queiramos

TIRANOS

ou não, povos em que grandes parcelas apostam seu destino em tiranetes que são capazes de prometer, sem o menor pejo, a cura das doenças incuráveis, rios de leite e mel, prosperidade e, sempre com o apoio dos militares, a proteção dos valores morais e dos interesses e das virtudes cívicas da pátria.

Fábio Campana

SUMÁRIO

1. Preâmbulo 19
2. América Latina 23
3. Memórias 27
4. Fascínio 31
5. Direita x Esquerda 35
6. Obras sobre Ditaduras e Obras sobre Ditadores 39
7. A partir de Rosas? 45
8. Segundo Momento 51
9. Fase Moderna 55
10. Pais da Pátria 67
11. Na Esteira do *Boom* 73
12. Século XXI 85
13. Distância e Abordagens 93
14. Sínteses 95
15. Dramaturgia Brasileira 111
16. Referências 113

1
PREÂMBULO

O escritor Augusto Roa Bastos, maior expressão literária do Paraguai, citou em uma entrevista a definição genial que Guimarães Rosa lhe ofereceu sobre a relação entre o Brasil e seus vizinhos de língua espanhola. "Somos dois irmãos gêmeos unidos pelas costas, de forma que um jamais consegue enxergar o rosto do outro." Cada qual voltado para um oceano, não nos olhamos nos olhos, embora sejamos filhos da mesma península europeia, nascidos no mesmo continente.

As obras dos escritores brasileiros que retratam o período militar focam no regime, não na figura de um ditador. Os próprios militares exaltavam mais o seu movimento (A Revolução de 1964 ou A Redentora, como a chamavam) do que os generais escalados para a presidência. Alguns dos nossos autores produziram obras de alto quilate literário, como *Quarup* (1967), de Antônio Callado, a sátira *Incidente em Antares* (1971), de Erico Verissimo, e dois romances de Ignácio de Loyola Brandão, *Bebel que a Cidade Comeu* (1968) e *Zero* (1974) – este censurado no Brasil, razão pela qual foi publicado originalmente na Itália, em 1974. A literatura nacional também contribuiu com um monumental livro de memórias da ditadura, as *Memórias do Cárcere*, de Graciliano Ramos.

Temos, porém, obras que podem ser encaixadas entre os romances de ditadores, como *Os Tambores Silenciosos*, de Josué Guimarães. Vencedor do Prêmio Erico Verissimo de Literatura de 1975, o livro só chegou às livrarias quase dois anos depois, por problemas com sua liberação pela censura. E, ao contrário dos romances que enveredam pelo tema na literatura hispano--americana, Josué Guimarães não criou um país imaginário, mas uma cidade comandada por um prefeito-ditador, Lagoa Branca – parco despistamento para Lagoa Vermelha – localizada em algum ponto do norte do Rio Grande do Sul. Durante a Semana da Pátria de 1936, o tiranete está determinado a fazer a felicidade do seu povo. Para isso, proíbe a leitura de jornais e a posse de aparelhos de rádio, além de censurar a correspondência da população. "Ao contrário das tradicionais epopeias gaúchas, não há nenhum gesto heroico em Os Tambores Silenciosos. As personagens presentes são políticos medíocres e dominados pela ambição, mulheres infiéis e policiais violentos. Através de um par de binóculos, o leitor vai acompanhar o olhar de sete curiosas solteironas, penetrando em recantos de alcovas e no gabinete da prefeitura. Com humor e cinismo, qualidades próprias para compor a caricatura de um sistema autoritário, Josué Guimarães aniquila essa microditadura e constrói uma obra perfeita, na melhor linhagem do realismo fantástico", resume uma das inúmeras resenhas sobre a obra.

Aqui não tivemos ditadores com a longevidade dos que assolaram nossos vizinhos, do México ao Chile, da Argentina ao Haiti. Ainda assim, os tivemos. Floriano Peixoto governou com a força ao seu lado, bombardeando e mandando matar sem nunca se declarar presidente da República – mero vice-presidente no exercício da presidência; Arthur Bernardes passou os quatro anos do seu mandato governando em estado de sítio, o que lhe dava poderes ditatoriais; Vargas assumiu a ditadura a partir do Estado Novo até sua deposição em fins de 1945; depois, tivemos os generais que tomaram o país com a queda de João Goulart. Nenhum ficou muito tempo no poder – a ditadura à brasileira tinha lá suas peculiaridades: a média foi de quatro anos para cada plantonista, embora o tempo de alguns à frente do regime tenha parecido excessivo. Havia eleições periódicas, em que o novo general ungido substituía o ungido da vez anterior.

Curioso destacar que nessa caldeirada temperada com sangue e lágrimas a ficção brasileira tenha contribuído com outro romance de ditador, *O Capitão dos Andes*, de Raimundo Magalhães Júnior, relacionado neste livro, e obras de fôlego no cinema e no teatro, todas com temática hispânica, recurso recorrente para contornar problemas com a censura vigente. A pitoresca obra de Magalhães Júnior, ao contrário, nada teve a ver com os censores, já que ele mesmo exercia essa função – era encarregado pelo Serviço de Censura da análise de filmes – mas sobre o interesse do romancista pela figura do ditador boliviano que retrata. De toda forma, o escritor diminui o tom de sua atividade na censura. Em entrevista ao repórter Gilberto Negreiros, da Folha de São Paulo, Magalhães afirmou: "Eu era censor de cinema. Então, era um centro de cinema muito liberal. Dentro da censura havia elementos muito liberais. Basta dizer o seguinte: que colegas meus da censura eram Vinicius de Morais, Pedro Dantas, Nazareth Prado..."

Já Deonísio da Silva, em *A Cidade dos Padres*, toma um caminho paralelo, escrevendo um metarromance em que conta a querela entre o Marquês de Pombal e os jesuítas no Brasil, dentro de uma narrativa passada durante o governo João Figueiredo, entre 1979 e 1985. Pombal era um reformista, voltado a tirar Portugal dos dogmas medievais e levar ao país os ventos do iluminismo. Não era um ditador, já que sobre ele pairava a figura do rei, mas agia como se ditador fosse.

Figueiredo, a seu turno, foi ditador de plantão, exaltando os aromas cavalares e declarando seus compromissos explosivos com a democracia – período que se sobressaiu pela bomba enviada à sede da OAB no Rio de Janeiro, e matou a secretária Lyda Monteiro – e a que detonou no colo de dois militares que preparavam um atentado contra os participantes de um *show* de música popular no Rio de Janeiro.

Enfim, passamos a ser, tardiamente, cenário de uma hipotética república ditatorial, cuja capital é Teresina, em romance escrito pelo francês Daniel Pennac, como se verá adiante.

Estão, assim, estabelecidas as premissas. O presente estudo deve ser considerado, antes de tudo, um levantamento do cabedal de obras literárias sobre ditadores na América Latina. Escrito em linguagem corrente, de inspiração jornalística, não se aprofunda em questões sociológicas, psicológicas, antropológicas, políticas ou em análises literárias de caráter acadêmico que cercam o universo pesquisado.

Para análises assim existem dezenas de obras. Permito-me recomendar *Authoritarian Regimes in Latin America – Dictators, Despots, Tyrants*, de Paul H. Lewis, que mostra como as ponderosas personalidades latino-americanas souberam se impor sobre as leis, constituições, tribunais e congressos para criar um sistema, como diz o autor, de "hiperpresidentes", que vigora até hoje.

2
AMÉRICA LATINA

A partir do México, 27 ditadores reinaram na América Central e Caribe, em levantamento sujeito a recontagens. Figuras como Cipriano Castro, Porfirio Díaz, Manuel Estrada Cabrera, Gerardo Machado, Fulgencio Batista, González Videla, Maximiliano Hernández Martínez, Jorge Ubico, Tiburcio Carías Andino, Adolfo Díaz, Emiliano Chamorro, Juan Sacasa, os Somoza, Higinio Moriñigo, Sánchez Cerro, Odría, Juan Vicente Gómez, Pérez Jiménez, Rojas Pinilla, os Duvalier e Trujillo, entre tantos. A lista não se dá por ordem de importância, mas segundo a sequência de Alberto Hernández, em *Crónicas Del Olvido*.

Um ótimo guia é o livro *Tiranos e Tiranetes – A ascensão e Queda dos Ditadores Latino-americanos e sua Vocação para o Ridículo e o Absurdo*, do jornalista Carlos Taquari, editado em 2011 pela Civilização Brasileira. Taquari faz um levantamento primoroso das ditaduras na América Latina – à exceção das Guianas – mostrando os aspectos mais grotescos de cada uma.

Foram tantos, e contemporâneos, incluindo os da América do Sul, que em *O Escândalo do Século*, coletânea de artigos jornalísticos de Gabriel García Márquez, editada pelo norte-americano Jon Lee Anderson, e lançada no Brasil pela Record, o autor conta uma história narrada pelo escritor colombiano sobre Nicolás Guillén, poeta cubano que viveu exilado em Paris. Segundo García Márquez, o poeta mantinha na capital francesa o costume de abrir a janela de sua sacada, após tomar o café da manhã muito cedo, e de lá "acordar a rua inteira gritando as últimas notícias da América Latina, traduzidas do francês para o jargão cubano". Um dia Guillén gritou: "O homem caiu! Foi uma comoção na rua adormecida, porque cada um de nós acreditou que o homem caído era o seu. Os argentinos pensaram que era Juan Domingo Perón, os paraguaios acharam que era Alfredo Stroessner, os peruanos pensaram que era Manuel Odría, os colombianos acharam que era Gustavo Rojas Pinilla, os nicaraguenses acharam que era Anastasio Somoza, os venezuelanos acharam que era Marcos Pérez Jiménez, os guatemaltecos acharam que era Castillo Armas, os dominicanos pensaram que era Rafael Trujillo, e os cubanos acharam que era Fulgencio Batista. Era Perón, na realidade."

Tais nomes já incorporam extenso prontuário criminal – do pioneiro Rosas, na Argentina, ao recente Nicolás Maduro, na Venezuela, passando por figuras patéticas como Pinochet, no Chile. Quase dois séculos sujeitos a mandonismo, inexistência de liberdades, violência, execuções sumárias e corrupção, manutenção de desigualdades e pobreza permanente. Uma realidade tão asfixiante que a literatura ibero-americana jamais deixou de descrever o período.

Os países das Américas Central e do Sul, surgidos no século XIX, foram moldados pela figura do ditador todo poderoso, capaz de unir céu e terra, paraíso e inferno. Na introdução de *Tirano Banderas*, seu tradutor Newton Freitas define os ditadores do continente como "hipócritas, patrioteiros, demagogos, cruéis, violentos, patriarcais, salvadores da pátria, defensores

TIRANOS

do povo, os tiranos caudilhescos povoam as terras americanas desde Rosas, Francia, López, Porfirio Díaz, Gómez, Vargas, Pérez Jimenez... Vem do século XIX e alcançam intactos o século XX, quando Valle-Inclán chega à América".

É engraçado notar que, em contrapartida à manutenção permanente do poder pelos tiranos, a América do Sul tenha tido um governante, o infausto argentino Facundo Machaín, a ter tido o direito de desfrutar por meras 24 horas da cadeira presidencial, antes de ser deposto, em 1870. No plano ficcional, o mesmo roteiro foi seguido por *Galvez, Imperador do Acre*, romance em clima farsesco de Márcio Souza sobre um aventureiro espanhol entronizado imperador do Acre, na época da disputa territorial da região entre Brasil e Bolívia, e apeado do trono no dia seguinte.

A América Latina revela-se, assim, cenário propício para uma literatura baseada no poder ilimitado dos seus mandatários, os romances de ditador. Ou no plural, de ditadores.

Apesar das ditaduras não serem produtos exclusivos da América Latina, como os exemplos europeus de Hitler, Stalin, Mussolini, Primo de Rivera, Ceaucescu, Franco e Salazar, entre outros, nos mostram, foi na América Latina que a tomada violenta de poder, trazendo com ela a supressão das garantias fundamentais, mais se manifestou. Assim, nada surpreendente que tal tipo de literatura tenha encontrado seu ambiente mais favorável.

Alejo Carpentier, em *O Recurso do Método*, faz o protagonista, o Primeiro Magistrado, já no exílio em Paris, citar a figura do Libertador como o paradigma dos colegas ditadores do continente ibero-americano. E lamenta seus destinos, inglórios como o dele:

"E eu pensava amargamente no lamentável fim de Estrada Cabrera; nos inúmeros mandatários arrastados pelas ruas de suas capitais; nos expulsos e humilhados, como Porfirio Díaz; nos encalhados neste país, depois de um longo poder, como Guzmán Blanco; no próprio Rosas, da Argentina, cuja filha, cansada de representar papéis de virgem abnegada, de magnânima intercessora diante dos encarniçamentos do Terrível, revelando-se, de repente, em sua verdade profunda, tinha abandonado o duro patriarca ao chegar-lhe o ocaso, deixando-o morrer de tristeza e solidão nas paragens cinzentas de Southampton – ele, que outrora fora dono de pampas infinitos, rios de prata, luas como só podem ser vistas por lá, sóis levantados e postos a cada dia sobre os horizontes que dominava, vendo passar as cabeças de seus inimigos, apregoadas como 'melancias boas e baratas', nas alegres carroças dos vendedores."

Graham Greene, autor do ótimo *Os Farsantes*, ambientado no Haiti do sanguinário François Duvalier, assim exprimiu seu fascínio pelo tema, no prefácio de *Um Lobo Solitário*, escrito em homenagem a Omar Torrijos, ditador do Panamá de quem foi amigo: "Mas por que, meu amigo insistia na pergunta, esse meu interesse durante tantos anos pela Espanha e pela América Latina? Talvez a resposta esteja aqui: naqueles países raramente a política significou uma mera alternância entre partidos rivais. Tem sido uma questão de vida e morte."

3
MEMÓRIAS

Contam-se às centenas as memórias de autores vitimados por ditaduras ao redor do mundo. Tragédia emblemática do século XX, o martírio do povo judeu durante a 2ª Guerra continua gerando a publicação de relatos de sobreviventes dos campos de concentração espalhados pela ditadura nazista na Alemanha e na Polônia, principalmente. Entre as obras mais importantes pode-se relacionar *Eu sou o último judeu: Treblinka*, de Jean François Steiner, com apresentação de Simone de Beauvoir, editado no Brasil em meados dos anos 1960, e *Assim Foi Auschwitz*, do italiano Primo Levi, considerada exemplar sobre o holocausto.

No Brasil, as já citadas *Memórias do Cárcere*, de Graciliano Ramos, formam umas das principais obras da nossa literatura, com a narrativa de sua prisão e dos anos em que passou preso. Obra póstuma (o advogado paranaense Eduardo Rocha Virmond visitou Graciliano, já doente, em seu apartamento da Tijuca, no Rio de Janeiro, e ouviu a mulher do escritor ler trechos dos originais), que ele deixou praticamente terminada, é um trabalho dedicado a demonstrar toda a mesquinharia e monstruosidade do Estado Novo, encabeçado por Getúlio Vargas.

Sobre as *Memórias do Cárcere*, assim escreveu Nelson Werneck Sodré: "O livro é um libelo, e não poderia deixar de ser um libelo. Mas ganha, nesse sentido, com a objetividade, com a clareza, com a minúcia e com a exatidão – porque, sendo uma acusação, não pretendeu jamais ser neutro ou dar, indiscriminadamente, relevo a alguma coisa que não o merecesse."

Há o magnífico livro de Flávio Tavares, *Memórias do Esquecimento*, relato vigoroso da trajetória de um jornalista perseguido por governos totalitários de três países, sequestrado, torturado e obrigado durante anos a escrever sob pseudônimo. Foi abrigado pelo jornal O Estado de São Paulo, que lhe permitiu, enfim, sobreviver no México, país de que recebeu os documentos pessoais negados pelo Brasil.

Na relação de livros que compõem esta obra, foram descartadas diversas outras narrativas memorialísticas, por não se integrarem ao gênero romance. Entre elas, as memórias dos dominicanos Toni Raful – *La Rapsodia del crimen: Trujillo versus Castillo Armas* – e Joaquin Balaguer – *Memorias de un Cortesano de la "Era de Trujillo"*. Raful é um prestigiado escritor, membro da Academia Dominicana de La Lengua e vencedor do Prêmio Nacional de Literatura de 2014. Balaguer foi presidente da República Dominicana após Trujillo, mas nunca passou daquilo que ele mesmo se considerava: um cortesão no palácio do déspota.

Também *El Dictador Suicida – 40 Años de História de Bolívia*, de Augusto Céspedes, obra em que trata, inclusive, de seu conhecimento com o futuro ditador boliviano Germán Busch, e *La Sombra del Dictador*, de Heraldo Muñoz, sobre Augusto Pinochet.

Além deles, *Los Pasos de López*, obra do mexicano Jorge Ibargüengoitia, e as *Memorias de un Venezolano de la*

TIRANOS

Decadencia: La Vergüenza de América, obra de fôlego em dois volumes de José Rafael Pocaterra, deixaram de ser consideradas por constituírem relato não ficcional, embora sejam documentos valiosos para se conhecer as entranhas dos governos tirânicos de Cipriano Castro e Juan Vicente Gómez. Enfim, deve-se considerar as presentes escolhas também como metáfora da atitude de um tirano, posto que ao autor cabe a carapuça de ditador na medida que é dele a decisão arbitrária de considerar ou não a inclusão de uma obra. Ao poder da tirania, como se sabe, o critério é um simples ato de vontade, dependendo de inclinação política, religião, origem, raça ou mera antipatia pessoal. Aqui a tirania do escritor tem meras razões literárias.

4
FASCÍNIO

Shakespeare escreveu peças antológicas sobre intrigas nas cortes dominadas por reis de poder ilimitado, como *Macbeth*, *Júlio César* e *Antônio e Cleópatra*. Porém, a moderna literatura é que se debruçou sobre as ditaduras e os ditadores, gerando diversas obras-primas. Um exemplo perfeito é *O Processo* de Franz Kafka, relato angustiante do poder policial stalinista na antiga Tchecoslováquia perante o cidadão inocente e indefeso. Ainda na Europa pode-se citar a *Autobiografia do General Franco*, romance de 1992 escrito por Manuel Vásquez Montalbán – mais conhecido por seus livros de temática policial.

Em 1947, o escritor Hans Fallada, pseudônimo de Rudolf Ditzen, publicou o contundente *Morrer Sozinho em Berlim*, sobre um casal de operários alemães, decidido a divulgar propaganda antinazista para vingar a morte do filho, soldado nas tropas hitleristas. Um retrato revelador do pavor causado pela aparente ubiquidade do regime de Hitler.

Alberto Moravia, um dos mais conhecidos autores italianos do século XX, publicou em 1951 o romance *O Conformista*, a partir de um episódio real, a morte de seu primo pela polícia política de Mussolini. A incompreensível letargia, a falta de indignação do protagonista, dá o tom da obra, filmada com sucesso em 1970 por Bernardo Bertolucci.

Há ainda *Filek: El Estafador que Engañó a Franco*, de Ignacio Martínez de Pisón, considerado pelo site *El Confidencial* como um dos dez melhores romances sobre ditadores e ditaduras. No caso, o químico austríaco Albert Von Filek enganou o ditador fazendo-o crer que a Espanha seria uma grande potência exportadora de petróleo. Vendeu a ideia de um combustível sintético que misturava extratos vegetais com água do Rio Jarama. E afirmou que colocou a fórmula secreta a serviço do engrandecimento da "nova" Espanha franquista. Quando os membros do governo do 'Generalíssimo' se deram conta do engodo, ninguém comentou nada. Diz o resenhista: "Mas foi por vergonha."

Porém, o mais conhecido dos romances europeus sobre ditadura é o épico *O Arquipélago Gulag,* de 1973, do russo Alexander Soljenítsin, vencedor do prêmio Nobel de Literatura. Ele mesmo sobrevivente de um *gulag,* as prisões soviéticas espalhadas pela Sibéria e outros locais remotos, Soljenítsin baseia o livro em cartas, relatos e memórias de 257 prisioneiros, vítimas da ferocidade stalinista contra seus adversários. O escritor, que já havia denunciado o terror do período de Stalin em *Um Dia na Vida de Ivan Deníssovitch*, lançado em 1962, foi responsável por um sem-número de embates entre intelectuais de esquerda e direita em todo o planeta. Enquanto uns o chamavam de herói sobrevivente do horror implantado por Stalin, outros o davam por vendido ao capitalismo. E mau escritor, *por supuesto.*

O tema também deixou sementes na África, outro continente vitimado por sucessivas ditaduras. O angolano Pepetela (Artur Pestana dos Santos) lançou em 2018 o romance *Sua Excelência, de Corpo Presente*, que se passa durante o velório de um ditador africano. Iniciando com um definitivo "Estou morto", o livro é narrado pelo próprio ditador, enquanto testemunha o que ocorre ao redor e relembra seus dias de glória.

Antes dele, o escritor britânico Giles Foden, que cresceu em países da África como Malawi e Uganda, escreveu seu best-seller, *O Último Rei da Escócia*, logo transformado em filme. A obra relata episódios da vida de um jovem médico escocês na corte do ditador ugandense Idi Amin Dada, um dos mais sanguinários ditadores da história africana.

Por aqui, em 1990 a brasileira Márcia Hoppe Navarro publicou *Romance de um Ditador – Poder e História na América Latina*, tese universitária publicada pela Ícone Editora, em que destaca três obras: *Eu o Supremo*, *O Outono do Patriarca* e *O Recurso do Método*, de autoria de Augusto Roa Bastos, Gabriel García Márquez e Alejo Carpentier, respectivamente. Os três livros foram publicados em meados dos anos 1970, em meio ao *boom* da literatura hispano-americana. Faltou à autora incluir outro romance saído na mesma época e gestado na mesma catadura, porém não publicado em português: *Oficio de Difuntos*, do venezuelano Arturo Uslar Pietri.

Outra obra referencial é o ensaio acadêmico da professora da Universidade de British Columbia, Mercedes Fernández Durán, *Novelas y Dictadores en América Latina: La Identidad en Ficción, Pensamiento y Forma* (2000), em que analisa o conceito de democracia, desde Platão e Aristóteles até as razões da barbárie nos países abaixo dos Estados Unidos, examinando em detalhes, por fim, as obras de Asturias, Carpentier, García Márquez e Roa Bastos.

Justo Fernández López, em *La Novela del Dictador*, relata que "entre 1838 e 1980 foram publicados 94 romances deste gênero, além de, mais tarde, continuarem a ser publicadas outras obras importantes sobre os ditadores".

5
DIREITA x ESQUERDA

Dentro do espectro ideológico, a América Latina produziu muito mais ditaduras de direita do que da esquerda, em proporção às ideologias que as fundamentaram. As esquerdistas podem ser enumeradas nas mãos, as de direita se perdem entre as dezenas. Assim é natural que as últimas tenham contribuído com material muito mais rico.

Cabem, no entanto, algumas observações. Escritores e acadêmicos são, em princípio, simpáticos à esquerda, pela defesa das causas sociais promovidas por ela, como alguns exemplos comprovam. Para citar dois, García Márquez foi amigo e colaborador de Fidel Castro, e Graham Greene era tão próximo de Omar Torrijos, do Panamá, que publicou sobre ele *Descubriendo al General*, traduzido no Brasil como *Um Lobo Solitário*.

Outros mudaram de posição ao longo da carreira, como Vargas Llosa, hoje voz respeitada nos setores da centro-direita – quando se candidatou à presidência do Peru foi difamado sem dó pelos adeptos da candidatura de Alberto Fujimori, apoiado pela esquerda. O exercício do poder mostrou o biltre que o Peru havia escolhido.

O venezuelano Alberto Hernández em *Crónicas del Olvido* analisa a obra do ensaísta colombiano Conrado Zuluaga,

Novelas del Dictador, Dictadores de Novela, e não perdoa a ausência de crítica a escritores que apoiaram (e se apoiaram em) ditadores esquerdistas:

"Mesmo que Rubén Darío tenha se desligado das amígdalas de Estrada Cabrera e Alejo Carpentier de seu amo Fidel Castro, hoje, quando se vão 60 anos de ruína e dor na ilha caribenha, apareceram, há quase duas décadas, os tumores que nos adoecem e matam: as ditaduras militares e civis eleitoreiras, populistas e socialistas de Hugo Chávez, Evo Morales e a já repetitiva de Daniel Ortega. A sempre mencionada de Noriega no Panamá teve apoio de Cuba, assim como ela apoiou regimes de ladrões e criminosos da América Latina, África, do leste europeu e da Ásia.

México, Guatemala, El Salvador, Peru, Nicarágua, Venezuela, Haiti, Cuba, Chile e Colômbia, entre outros países, têm sido portadores desses tiranos que governaram com mão de ferro e mantiveram suas nações dentro da miséria e da corrupção. Lógico que o autor não menciona Fidel Castro, que é uma espécie de duende libertador. A ditadura cubana – com 60 anos de mortes e opressão – segue sendo, para alguns, o centro da justiça social. Uma ditadura que já tem seus romances escritos tanto por cubanos como por outros autores não antilhanos.

Tampouco, o autor passa pela revolução mexicana, onde abundaram cristeiros, loucos e caudilhos regionais elevados pelas armas e bigodudos dominados por santidades e demônios que seguem aparecendo nestes dias do século XXI."

Cristeiro era o termo usado durante as revoltas mexicanas de 1926 a 1929, para designar os que se punham em luta sob os gritos de "Viva Cristo".

TIRANOS

Sobre a dita Revolução Bolivariana de Hugo Chávez na Venezuela, o correspondente norte-americano Rory Carrol escreveu um longo perfil, *Comandante: a Venezuela de Hugo Chávez*, em que usa suas técnicas jornalísticas tanto para enaltecer como para criticar medidas tomadas pelo falecido presidente vitalício (por haver morrido no cargo) do país. É um livro-reportagem, como os diversos escritos por jornalistas e sociólogos norte-americanos sobre a revolução de esquerda na ilha de Granada.

Chamada de revolução pacífica, o poder em Granada foi dividido entre os líderes aliados Maurice Bishop e Bernard Coard. Durou quatro anos, a partir de 13 de março de 1979. Durante uma viagem à Europa em busca de recursos para a pequena ilha de 90 mil habitantes, Coard deu um golpe em 19 de outubro 1983, e o que era pacífico tornou-se sangrento. Bishop e sete de seus mais próximos auxiliares foram fuzilados. Os marines norte-americanos invadiram a ilha seis dias mais tarde. Uma tragédia política, que não gerou nenhum romance.

Sobre a citação de Hernández à Revolução Cubana, vale acrescentar que existem diversas obras sobre o regime de Fidel. Entre os escritores cubanos, Cabrera Infante e Reinaldo Arenas, por exemplo, procuraram o exílio e de lá produziram obras denunciando as mazelas do regime. Cabrera Infante, trocadilhista emérito, publicou uma coleção de artigos a que deu o nome de *Mea Cuba*. Reinaldo Arenas abordou a problemática *gay* sob um governo avesso à diversidade de gênero. E o escritor e tradutor espanhol de língua galega, Xavier Alcalá, publicou em 1998 *Habana Flash,* crônicas de viagens por Cuba transformadas em ficção, relembrando o passado de sua família.

Entre os que preferiram ficar em Cuba, alguns se tornaram conhecidos mundialmente, mostrando em seus livros os problemas do país. São os casos de Pedro Juan Gutierrez (*Trilogia Suja de Havana*) e Leonardo Padura, autor de *O Homem que Amava os Cachorros*, já um clássico da literatura. E ainda Wendy Guerra, autora do romance *Nunca Fui Primeira-Dama*. Depois de reencontrar a mãe, que a havia abandonado quando tinha 10 anos, sua filha Nadia retorna com ela para Cuba. Entre seus pertences, acha um romance sobre Celia Sanchez, heroína da Revolução Cubana, secretária e suposta amante de Fidel Castro. Já editado no Brasil pela Editora Benvirá. Mas são escassos os livros de ficção críticos ao regime. Sem esquecer o fenômeno Yoani Sánchez, cujo *blog* com impressões de seu país tornou-se febre na internet. Suas crônicas foram editadas no Brasil pela Editora Contexto, com o título *De Cuba, com Carinho*.

6
OBRAS SOBRE DITADURAS E OBRAS SOBRE DITADORES

A diferença entre romances das ditaduras e romance de ditadores está na presença desses últimos. O ditador é sempre protagonista da trama, mesmo que sua figura quase não se mostre durante a narrativa. É a presença asfixiante do sátrapa multipoderoso que define o subgênero, ao contrário das obras sobre ditaduras, em que as regras são impostas por um regime autoritário, e não pelo eventual ocupante do poder. Há tênues fronteiras entre elas, como se vê. Fernández Lopes define o padrão:

"Para que uma obra seja considerada um romance de ditador precisa possuir temas explicitamente políticos, incluídos em um contexto histórico importante, examinar criticamente o poder exercido por uma figura autoritária e incluir uma reflexão geral sobre a natureza do autoritarismo. Embora alguns romances de ditador sejam centrados em uma figura histórica (mesmo com aparência fictícia), não analisam a economia, a política e o governo do regime ditatorial como faria uma obra histórica. O subgênero do romance de ditador teve muita influência do desenvolvimento da tradição literária latino-americana. Muitos de seus autores rechaçaram as técnicas narrativas lineares tradicionais, e desenvolveram estilos narrativos inovadores que demonstraram as distinções entre o leitor, o narrador, a trama, os personagens e a narrativa. Ao analisar a autoridade do líder os romancistas também avaliaram seus próprios papéis sociais como distribuidores de sabedoria, tão paternalistas como o caudilho cujo regime refutaram em seus próprios romances."

Um exemplo que demonstra o caráter do ditador está no livro de Carlos Taquari, *Tiranos e Tiranetes*. Na década de 1950, Augusto Rojas Pinilla dominava a Colômbia. Aos domingos, a multidão lotava a praça de touros. A família Pinilla costumava frequentar a arena, que à menção do nome do ditador explodia em vaias. Não era nada aceitável ao governo aquela demonstração de repúdio a uma figura tão respeitável quanto o general. Então, certo domingo, o governo distribuiu seus agentes entre o público. "Antes do início da tourada, os agentes do governo puxaram um coro de vivas ao general Rojas Pinilla. A multidão silenciou. Nova tentativa e novo silêncio. Na sequência, quando o locutor oficial pronunciou o nome do general, o som das vaias tomou todo o estádio por longos minutos. A resposta foi violenta. Os policiais sacaram porretes e revólveres e investiram contra a multidão. Foi um massacre... O número real de vítimas nunca foi revelado, mas calcula-se que tenha ficado em dezenas de mortos e centenas de feridos. No dia seguinte a imprensa local não pode noticiar o massacre, porque estava sob censura."

A expressão ditador vem do Direito Romano, com os fundamentos de um bom magistrado, como ensina o escritor venezuelano Asdrubal Gonzalez: "A ditadura é uma instituição de nítido corte latino, prevista pela sabedoria do legislador para enfrentar algum risco grave à pátria romana. Este magistrado nomeava o Senado e assumia funções por seis meses, até que fossem resolvidos os problemas que houvessem justificado sua instalação."

No mundo moderno, as lições do Direito Romano passaram a ser figura de retórica. Em todos os continentes vigoraram as ditaduras. A questão a ser enfrentada sempre foi o permanente conflito entre a criação literária e aquilo que os governantes em geral, democráticos ou não, consideram "a verdade". Os donos do poder têm verdadeira fixação pela verdade, embora saibamos que só a exigem quando o retrato de seus governos, pintados pelos escritores, se mostra caricato ou absurdo, portanto, inverossímil.

Sobre isso, o escritor paraguaio Helio Vera, em sua obra *En Busca del Hueso Perdido – Tratado de Paraguayología*, não editado em português, faz diversas considerações pertinentes:

> "Vargas Llosa, comentando o pensamento do filósofo inglês Karl Popper, nos diz que 'se a verdade, se todas as verdades não estão sujeitas ao exame do juízo e erro, e se não existe uma liberdade que permita aos homens questionar e compulsar a validade de todas as teorias que pretendem dar resposta aos problemas que enfrentam, a mecânica do conhecimento se vê travada e este pode ser pervertido. Então, em lugar de verdades racionais, se entronizam mitos, autos de fé, magia. O reino do irracional, do dogma e do tabu, recobra seus foros, como antigamente, quando o homem não era ainda um indivíduo racional e livre, mas um ente gregário e escravo, apenas uma parte da tribo'."

Era essa a realidade na América Latina quando surgiu em 1826 a obra *Jicoténcal*, de autor desconhecido, publicada na Filadélfia, o primeiro romance histórico sobre a colonização americana. O cenário é o México, durante a conquista do país por Hernán Cortez, 300 anos antes da narrativa, e tem o personagem-título como protagonista. O tom é crítico em relação aos conquistadores e às contradições na corte de Montezuma, o líder asteca. Como destaca Francisco Bustamante em *Jicoténcal, Temprana Novela Histórica*, "o romance se mostra tributário da cultura neoclássica na apologia do tiranicídio. Este foi considerado por vários teólogos cristãos, desde Tomás de Aquino a Francisco Suárez, como um modo moralmente justificado de eliminar um governante ilegítimo que arrasa com a dignidade de seus súditos e um exercício legítimo de direito à resistência e à opressão". Jiconténcal é o índio que simboliza a liberdade.

Ou seja, o despotismo de Hernán Cortez, que subjugava o povo em nome da coroa espanhola, inspirou a literatura desde seus primórdios hispânicos, quando os movimentos de libertação começavam a se espalhar pelo continente. É um livro que tem lugar garantido na genealogia dos romances históricos.

Diversas narrativas significativas foram descartadas por se referirem a ditaduras, não especificamente a um ditador. Entre as hispânicas, *El Hombre de Hierro, Los Misterios del Plata, La Hija del Mashorquero, El Cristiano Errante, El Conspirador, Historia del Perínclito Epaminondas del Cauca* e outros, entre os quais o conto *La Fiesta del Monstruo*, de Jorge Luiz Borges e Adolfo Bioy Casares.

Entre os brasileiros, *A festa* de Ivan Ângelo; *Tropical Sol da Liberdade*, de Ana Maria Machado; *Amores Exilados*, de Godofredo de Oliveira Neto; *Não falei*, de Beatriz Bracher; *Azul Corvo*, de Adriana Lisboa; *K. – Relato de uma Busca* e *Você Vai Voltar pra Mim*, ambos de Bernardo Kucinski; *A Resistência*, de Julián Fuks; *Viva o Povo Brasileiro* (1984), de João Ubaldo Ribeiro; *A Casca da Serpente*, de José J. Veiga (1989); *Cabo de Guerra*, de Ivone Benedetti; *Qualquer Maneira de Amar: Um Romance à Sombra da Ditadura*, de Marcus Veras, entre outros.

Eis outros também não abordados por apenas beliscarem as fronteiras dos regimes ditatoriais pelos critérios deste autor: *El Siglo de las Luces*, de Alejo Carpentier (1962); *El Mundo Alucinante*, de Reinaldo Arenas (1969); *Concierto Barroco*, também de Carpentier; *Terra Nostra*, de Carlos Fuentes (1975); *Daimón*, de Abel Posse (1978); *El Mar de las Lentejas*, de Antonio Benitez, e *El Arpa y la Sombra*, de Carpentier (de 1979); *Em Liberdade*, de Silviano Santiago (1981*)*, *Los Perros del Paraiso*, de Abel Posse (1983); *Noticias del Imperio*, de Fernando del Paso (1987); *Bernabé, Bernabé*, de Tomás de Mattos (1988); *Maluco: romance dos descobridores*, de Napoleón Baccino Ponce de León, *La Campaña*, de Carlos Fuentes (1990), *Hija de la Fortuna,* de Isabel Allende, de 1989 e, na sequência, saído em 1990, o romance de estreia de Elsa Osorio, *A Veinte Años, Luz*, resumido conforme Amanda Parizote: "...questões como o papel desempenhado pelas mulheres na representação da história argentina; dando ênfase à atuação das Avós da Praça de Maio. Além disso; estabelece-se uma relação entre produção e crítica feministas na América Latina; de modo a esboçar vínculos que possibilitem o levantamento de índices de regionalidade. Para relacionar tais temas; foi realizada uma abordagem interdisciplinar; utilizando-se a Literatura e a Antropologia como principais bases teóricas."

Há, ainda, dezenas de livros-reportagens sobre as tiranias latino-americanas. A última febre desse tipo de livro se deu com o Panamá de Noriega, um aliado que se tornou incômodo por seu envolvimento com o tráfico de drogas. Nenhum deles pode ser considerado um romance.

Oscar Wilde, um incorrigível irlandês heterodoxo que cultivou o ostensivo ofício de escandalizar a sociedade vitoriana, dividia os livros em três categorias. A primeira formada pelos livros que se precisa ler; a segunda, por aqueles que se precisa reler; e a terceira pelos que não se deve ler nunca, esses, seguramente, a grande maioria.

7
A PARTIR DE ROSAS?

O nascimento desse subgênero se dá na América do Sul. Ao longo dos séculos seguintes, as obras que compõem esse mural foram escritas em castelhano, inglês, francês, holandês e português. Para analisar seu surgimento, uma boa fonte é *As Matrizes do Fabulário Ibero-americano* (edição Edusp), coordenado pela escritora e acadêmica Nélida Piñon, com organização de Gerson Damiani e Maria Inês Marreco, em que se mostram as bases do que vieram a se tornar os romances de ditadores.

Tanto Márcia Hoppe Navarro, já citada, quanto os autores de *As Matrizes do Fabulário Latino-americano* estabelecem o tempo do ditador argentino Juan Manuel de Rosas (1829-1832 e 1835-1852) como a inspiração original, ele próprio personificando uma espécie de genearca, a partir de quem resultaram os demais ditadores latino-americanos.

Não sabem, porém, que a primeira obra escrita sobre as ditaduras latino-americanas se deu em 1827, com a publicação na Europa de *Ensayo Histórico Sobre La Revolucion del Paraguay*, dos médicos suíços Juan Rengger e Marcelino Longchamp. A dupla chegou ao Paraguai em 1818 e recebeu todos os afagos do ditador perpétuo José Gaspar Rodríguez de Francia. Foram nomeados médicos de quartéis e prisões, e médicos forenses.

Rengger, que Francia chamava de "Rengo", pela similitude das palavras, foi seu médico particular. A paranoia do ditador, imaginando que os suíços estivessem de conluio com a aristocracia paraguaia, gerou uma série de desavenças, obrigando os europeus a retornarem ao Velho Continente. O livro foi proibido no Paraguai por ordem de Francia, que o considerou um "produto de patranhas". Sua posse sujeitava o possuidor a "penas severíssimas", segundo nota de pé de página em *Eu O Supremo*. Com 109 páginas, escrito em duas partes, a primeira em francês (provavelmente por Longchamp) e a segunda em alemão (supõe-se que por Rengger), ainda encontra mercado. A Amazon o tem à venda com o título de *El Dictador Francia*.

O Ditador Supremo era uma personalidade singular. Jurista respeitado, dominava também vasta cultura, ao contrário dos caudilhos de que foi contemporâneo. Manteve-se no poder por quase 30 anos, sustentado pela população de menor poder aquisitivo. Francia mantinha em seu gabinete um meteoro, que mandou desenterrar no charco paraguaio e transportar em uma complicada operação para Assunção.

Também encarregou Rengger de encontrar o osso perdido que os paraguaios pareciam ter. Segundo o médico, "ele gosta (o ditador) que lhe olhem na cara ao falar e que se responda pronta e positivamente. Um dia, ao fazer a autópsia de um paraguaio, me encarregou de ter certeza de que seus compatriotas não teriam um osso a mais na região da nuca, o que os impedia de levantar a cabeça e falar no prumo". A citação é do sardônico Helio Vera, no já citado *En Busca del Hueso Perdido*.

Apenas 18 anos mais tarde, em 1845, ainda durante a ditadura de Rosas, foi publicado o primeiro livro sobre aquele período da história argentina, a obra *Facundo, ou Civilização e Barbárie*, de Domingo Faustino Sarmiento, educador, jornalista e depois também presidente argentino. Para os ensaístas de *As Matrizes do Fabulário Ibero-americano*, é um "misto de biografia, romance e ensaio político", que relata o fenômeno do caudilhismo a partir da figura de Facundo Quiroga, mandachuva de La Rioja. Escrito enquanto estava exilado no Chile, "Sarmiento expôs no livro a tese de que o homem é produto da natureza e do ambiente que o rodeia, caracterizando os unitários, homens da cidade, como civilizados e liberais, enquanto os federais, gaúchos dos pampas argentinos, eram retratados como símbolos da barbárie".

A seguir, em 1851, saiu o romance *Amalia*, do argentino José Mármol, tido como a primeira obra de narrativa ficcional da literatura latino-americana em tempos ditatoriais, citando Rosas como alguém que "bebia sangue, suava sangue, respirava sangue".

Outro escritor argentino, Esteban Echeverría, escreveu por volta de 1840 o conto *El Matadero*, publicado postumamente, "considerado uma metáfora sobre a política de repressão da ditadura de Rosas" (*As Matrizes do Fabulário Latino-americano*). Essas obras são consideradas as precursoras do subgênero, a seguir hibernado durante anos, desde a edição de *El Matadero*, em 1871.

Entre 1880 e 1882, o escritor equatoriano Juan Montalvo, referência na literatura crítica e política do país, publicou uma série de ensaios panfletários contra a ditadura de Ignacio de Veintemilla, que considerava alguém capaz de unir tirania à corrupção. Na época, Montalvo já estava chegando aos 50 anos, vivendo exilado no Panamá.

Os 12 ensaios foram publicados em livro com o título de *As Catilinárias*, menção à obra de Cícero. Conta-se que, ao traduzir a obra para o francês, Miguel de Unamuno teria confidenciado que uma passagem na sexta catilinária lhe fez tremer até as últimas raízes da alma. No prólogo que escreveu, Unamuno considerou o livro repleto de insultos sangrentos e virulentos, fazendo com que Montalvo passasse à história da literatura equatoriana com a definição apelativa de "*gran insultador*".

Curioso é que nenhum ficcionista até o fim do século passado tenha se debruçado sobre a figura ímpar do general Antonio López de Santa Anna, ditador mexicano contemporâneo de Rosas e do paraguaio José Gaspar Rodríguez de Francia. Carlos Fuentes, grande expressão da literatura mexicana, traça um perfil primoroso do tirano, em *El Espejo Enterrado*.

Equivalente e contemporâneo no México de Francia e Rosas, o General Antonio López de Santa Anna foi menos afortunado que seus colegas. Em contraste com Francia, protagonista de uma poderosa novela de Augusto Roa Bastos, quem fez a verdadeira justiça literária a Santa Anna foi seu compatriota Enrique Serna, mas apenas em 1999, com *El Seductor de la Patria*, romance de excelência.

Talvez pelo simples fato de que sua vida foi muito mais ficcional do que qualquer imaginação novelesca, na biografia de Santa Anna a realidade derrota a ficção. Aparece pintado por Diego Rivera nos murais contemporâneos que, em si mesmos, parecem historietas cômicas glorificadas. Mas isso convém a Santa Anna, protótipo do ditador latino-americano de opereta. Astuto e sedutor, soube combinar essas características com enorme dose de audácia e cara dura, exercendo a presidência do México 11 vezes, entre 1833 e 1854. Figura grotesca, apostador em rinha de galos, Santa Anna caiu inclusive na tentação de dar golpes de estado em si mesmo.

Em 1838 perdeu uma perna na Guerra dos Pastéis contra a França, assim chamada porque uma esquadra naval francesa bombardeou Veracruz para defender os interesses de um padeiro francês, cuja padaria havia sido saqueada durante um motim na Cidade do México. Santa Anna enterrou sua extremidade na Catedral do México com pompa e benção arcebispal. A perna passou a ser desenterrada e arrastada por turbas ensandecidas a cada vez que Santa Anna caía do poder, só para ser enterrada de novo, outra vez com pompas e bençōes, quando o tirano regressava à cadeira. Cabe perguntar: foi sempre a mesma perna ou, no fim, um substituto teatral, um adereço cenográfico?"

Os governos de Santa Anna foram um desastre. Perdeu toda a porção norte do México para os Estados Unidos, começando pelo Texas. Depois se foram Arizona, Colorado, Novo México, Califórnia, Nevada e partes de Utah. Para Fuentes, se Francia foi um ditador virginal e ascético, Santa Anna foi promíscuo e cômico e, ao contrário de Rosas, não teve nem o consolo de ser considerado um patriota. Segue sendo um dos mais deletérios ditadores latino-americanos.

Mas tudo no México pode ser trágico. A partir de 1891 iniciou-se uma rebelião na região de Tomochic, contra o governo centralizador de Manuel Gonzalez, apadrinhado do líder Porfírio Diaz. A luta teve diversos momentos e confrontos variados, gerando inclusive o romance *Tomochic*, de Heriberto Frias. O autor foi um severo crítico das ações do governo central, publicando a obra entre 14 de março e 14 de abril de 1893, em 24 capítulos, de forma anônima, no jornal El Democrata. A rebelião também foi motivo de lendas e músicas que hoje fazem parte do folclore popular mexicano, abrindo caminho para a revolução que apeou Porfírio Diaz do poder em 1911, depois de diversos mandatos presidenciais.

8

SEGUNDO MOMENTO

A sequência de desenvolvimento dos romances de ditadores se dá essencialmente na América Central e no Caribe, a partir da primeira década do século XX. A literatura sobre o fenômeno ditatorial centro-americano da época não tem sido analisada de forma conveniente pelos estudiosos do tema nas três Américas. Quem se debruçou sobre ele foi o professor Ramón Luis Acevedo, da Universidade de Porto Rico, com o trabalho *El Dictador y la Dictadura en las Fieras del Tropico*: "... há um vazio que corresponde às últimas décadas do século XIX e às primeiras do século XX; um vazio que corresponde, grosso modo, ao modernismo hispano-americano e dá a impressão errônea de que não existiram obras de ficção sobre o ditador e a ditadura durante esse período. A atenção preferencial que se deu durante muito tempo à lírica e à noção prevalente de que o escritor modernista rechaçava a temática sociopolítica a favor de um esteticismo exótico, contribuiu para obscurecer o fato de que existe uma significativa narrativa modernista da ditadura, sem cujo estudo e reconhecimento estaria incompleta a trajetória dessa medular tradição literária hispano-americana."

O subgênero entra no século XX com a obra de um dos seus mais incensados autores, Joseph Conrad. Polonês nascido perto de Kiev, na hoje Ucrânia, na época pertencente ao império russo, Conrad passou a dominar o inglês com apuro, tornando-se um dos grandes do idioma. Os temas de sua obra abarcam diferentes regiões do planeta, incluindo a África, o Pacífico e a América.

Seu romance mais conhecido é *Coração das Trevas*, utilizado décadas depois da morte do autor como um dos sustentáculos do argumento de *Apocalipse Now*, épico filme de Francis Ford Coppola, que descreve a guerra do Vietnã. Um dos principais personagens, o Coronel Kurtz, interpretado por Marlon Brando, tem origem na obra do escritor anglo-polonês.

Em 1904, Conrad publicou o romance *Nostromo*, que a Modern Library considera um dos 100 maiores romances de língua inglesa do século XX e que, para boa parte da crítica, merece estar ao lado de *Coração das Trevas* no pedestal das maiores criações do autor.

Para Hernández, "ficção que se sustenta na realidade de nossas repúblicas bananeiras, canavieiras, tabaqueiras, tropeiras, produtoras de rum, mineiras ou petroleiras. Ali se veem todas as ditaduras de diversos cunhos: a corrupção reina em todas as instituições e o suborno é um instrumento cotidiano para o manejo dos assuntos públicos".

Nostromo é um romance grandioso, passado em Sulaco, porto da imaginária república sul-americana de Costaguana. Ali é embarcada a prata oriunda da mina de San Tomé, única riqueza do pequeno país, riqueza a gerar todo tipo de desvios de conduta produzidos pela ambição. Inclusive, e por isso, gera uma série de tiranias, como só as repúblicas dos nossos continentes latinos são capazes de criar para a literatura se servir. A conspiração impera. É mais um livro sobre a vida sob ditaduras (a narrativa abarca três delas) do que um livro de ditadores.

Conrad deixa claro, mais uma vez, seu conceito sobre honra em contraposição ao ceticismo que impera em sua obra, como se um fosse o espelho deformado do outro. A tradução em português da Companhia das Letras é impecável, assinada por José Paulo Paes, autor também de um posfácio esclarecedor. A América Central passa a dar exemplos desses movimentos de libertação e secessão e a replicá-los de forma literária. Em 1911, Juan A. Mateos publicou o romance *La Majestad Caída*. A seguir, conforme Acevedo, há uma sucessão de obras:

> "Esta narrativa, que tem peculiaridades interessantes, produziu obras positivas, como *El Cabito*, de Pedro Maria Morante, diatribe contra Cipriano Castro, ditador da Venezuela de 1898 a 1908; *La Caída del Condor* (1913), do colombiano José Maria Vargas Vila, centrada na vida e na morte do autoritário caudilho equatoriano Eloy Alfaro; *La sangre*, do dominicano Tulio Manuel Cestero, magnífica diversão sobre a ditadura de "Lilís", publicada em 1914, e o romance curto (ou conto longo) *Las fieras del Tropico*, do guatemalteco Rafael Arévalo Martínez, escrita na própria Guatemala em 1915, no auge da prolongada ditadura do Sr. Presidente Dom Manuel Estrada Cabrera, e publicada em 1922, logo após a queda do tirano."

O livro de Vargas Vila tem o título completo de *La Muerte del Cóndor: del Poema de la Tragedia y de la Historia*. As principais obras citadas por Acevedo, *La Sangre* e *Las Fieras del Tropico*, foram resumidas ao final do presente trabalho.

9
FASE MODERNA

Em 1926, surge o que é tido como o primeiro romance de ditador, *Tirano Banderas*, do escritor espanhol radicado no México, Ramón del Valle-Inclán, embora se saiba que o livro é o primeiro da fase moderna. A obra tem diversas características inovadoras, tanto do ponto de vista gramatical como semântico. Seus pontos fortes estão na crítica social, por meio da paródia sobre um país fictício, Santíssima Trinidad de Santa Fé de Tierra Firme, dominado pelo General Santos Banderas. A ilógica realidade e os absurdos gerados por ela abrem caminho para uma literatura em que Valle-Inclán deu destaque ao que chamou de "esperpento". A palavra, que em espanhol tem o sentido original de "o feio, o desalinhado", passou a significar "o espanto, o assombro diante dos contrastes violentos da civilização espanhola", como ressalta Newton Freitas. Mais tarde, ao ser levada adiante por outros autores, durante o *boom* da literatura latino-americana, a técnica passou a ser chamada de realismo fantástico.

Três anos depois, em 1929, o mexicano Martín Luis Guzmán publicou o romance *La Sombra del Caudillo*, retratando os violentos conflitos ocorridos no México naqueles anos, com o poder absoluto exercido por Álvaro Obregón e seu títere

Plutarco Calles. É o mais importante romance da década sobre o tema. Antes e depois desse lançamento aparecem duas obras de Rufino Blanco-Fombona: *La Mitra en la Mano,* em 1927, e *La Bella y la Fiera,* em 1931. No mesmo ano, o chileno Alberto Romero publica *La Novela de um Perseguido.*

Outros autores também tocaram o tema: o colombiano Fernando González com *Mi compadre* (1934); José Rafael Pocaterra com *Memorias de un Venezolano de la Decadencia,* misto de romance, memórias e história, em 1936; Antonio Arraiz, com *Puros Hombres,* em 1938; Gerardo Gallegos em *El Puño del Amo* (1939). No mesmo ano, o boliviano Luís Azurduy publica o ensaio *Busch, el Mártir de sus Ideales,* ensaio ligeiro sobre o jovem ditador German Busch, filho de alemães, assessorado por um amigo alemão (Moritz Hochschild), interessado em aproximação com o 3º Reich, ao mesmo tempo em que, de forma contraditória, abrigava judeus na Bolívia.

O peruano Manuel Bedoya, por sua vez, publicou *La Garra Roja,* em que sataniza o ditador peruano Sánchez Cerro, e *El Tirano Bebevidas,* este em 1939, contra Oscar R. Benavides. Bebevidas é, a propósito, trocadilho a invejar Cabrera Infante.

No mesmo ano, o venezuelano Miguel Otero Silva estreou no romance com *La Fiebre,* libelo de um jovem escritor contra a ditadura de Juan Vicente Gómez, obra que mais tarde revisou para republicar em 1976.

Sete anos mais tarde, surgiu outra obra a dar continuidade ao tema e que inúmeros analistas consideram apenas a segunda do subgênero, depois de *Tirano Banderas.* Escrito pelo guatemalteco Miguel Angel Asturias, primeiro latino-americano a ser premiado com o Nobel de Literatura, *O Senhor Presidente* foi escrito em parte durante o exílio do autor em Paris, nos anos

1930, ainda que a sua primeira edição, no México, tenho saído apenas em 1946.

A história de amor que domina a narrativa está impregnada da violência desmedida que permeia o livro, a partir do autoritarismo do onipresente Presidente Constitucional da República, personagem baseado no ditador da Guatemala, Estrada Cabrera.

Os anos 1940, tomados pela 2ª Guerra, bloquearam o tema nas editoras. Dois anos após o fim do conflito, o peruano César Falcón publicou *El Buen Vecino Sanabria U.*, romance picaresco sobre o imperialismo e a política de boa vizinhança dos Estados Unidos com seus vizinhos ao sul. No fim da década, o dominicano Andrés Requena edita *Cementerio sin Cruces*, libelo cru contra Rafael Trujillo, não romanceado. O autor foi assassinado em 1952, a mando do ditador.

Eis que, no fim da década, entram em cena novos personagens. Alejo Carpentier publica, em 1949, *El Reino de Este Mundo*, tomando por base o Haiti do autointitulado Rei Henri Christophe, um dos que se entronizaram nos tronos haitianos: houve outros, como o libertador do país Jean Jacques Dessalines, que se coroou imperador, e Faustin Soulouque.

É de Stanis David Lacowicz, doutorando em Letras, o resumo da trama, republicada em 2012:

"A obra *El reino de este mundo*, de Alejo Carpentier, é tida por pioneira daquilo que Menton (1993) chamaria novo romance histórico, uma narrativa ficcional que se volta à história, mas de modo questionador, tanto do discurso oficial quanto da relação entre literatura e história. A obra toma por base a história do Haiti, compreendendo o espaço de tempo entre 1750 e 1830, aproximadamente. O foco recai, por sua vez, sobre a série de insurgências, revoltas e revoluções de escravos ocorridas no país nesse período. Dentre os eventos narrados, o texto retoma em especial os relacionados às personagens do líder revolucionário negro Mackandal, personagem histórica e mítica da cultura do país, e de Henri Christophe, ex-cozinheiro negro que, após a revolução contra os franceses, se tornaria Rei, estabelecendo, de modo surpreendente, um regime monárquico e tirânico para com seu próprio povo."

Em 1952, o colombiano Jorge Zalamea publicou a sátira *El Gran Burundún-Burundá Ha Muerto*, sobre os funerais do "ditador que empregou todos os recursos para banir o uso da palavra e todas as formas de linguagem no seu país" (de *As Matrizes do Fabulário Latino-americano*). É a típica obra que poderia ser enquadrada tanto como romance curto (na edição francesa que tenho são meras 59 páginas, em tradução de apenas 40 exemplares, levadas ao prelo em 1954) como entre os contos longos.

Quatro anos depois, Augusto Céspedes, o mais conhecido escritor boliviano, na esteira de seu compatriota Luís Azurduy, escreve *El Dictador Suicida*, ensaio sem tintas de romance sobre German Busch, agora retratado como uma espécie de Schindler Sul-americano por abrigar milhares de judeus alemães no país. Segundo Robert Brockmann, autor de *Dos Disparos al Amanecer*, sobre a vida de Busch, morto aos 35 anos, "as cifras variam segundo fontes diversas". As notas de Hochschild, o assessor alemão do ditador, dizem que em 1938 chegaram à Bolívia entre dois e três mil judeus, e que em 1939 o número subiu a mais de nove mil.

O ensaio de Céspedes talvez tenha servido de inspiração para a publicação, um ano mais tarde, do escritor cearense R.

Magalhães Júnior, mais conhecido por suas peças teatrais, com seu romance ambientado na Bolívia do século XIX, *O Capitão dos Andes – Anatomia de uma Ditadura* (versão original da Editora Melhoramentos). Magalhães Jr. era autor teatral, exercia múltiplas funções na vida profissional (jornalista, dramaturgo, tradutor, roteirista de cinema, presidente da Sociedade Brasileira de Autores Teatrais e da Associação Brasileira de Tradutores, membro da Academia Brasileira de Letras e funcionário da censura estatal), a ponto de Carlos Drummond de Andrade assim defini-lo na crônica *O Homem que Era Trezentos*, quando faleceu: "Eram muitos Raimundos num só, e esta imagem dele perdurou a vida inteira."

O livro é apresentado como a história pitoresca de um caudilho, trajetória romanceada do caudilho boliviano Dom Manuel Mariano Melgarejo (1820-1871), digno representante da linhagem de ditadores latino-americanos. Segundo o texto de publicidade da editora, trata-se de obra com "particular interesse para nós, brasileiros, na parte referente às relações com a diplomacia do Império, que soube explorar muito bem a ignorância e a vaidade, em proveito da expansão territorial do Brasil".

Em 1958 entra em cena o espanhol Francisco Ayala, exilado no Caribe. Nascido na Espanha (Granada, 1906), passou longos anos no exílio, na Argentina, nos Estados Unidos – onde concebeu *Muerte de Perros* – e, durante três décadas, em Porto Rico, país em que foi professor de Direito. Seu romance-denúncia trata da situação de um povo submetido a uma ditadura. É a obra mais analisada e mais comentada de Ayala. Uma selva de enigmas, em que um país falido submete sua população à degradação completa.

Antes do fim da década, o chileno Enrique Lafourcade trouxe *La Fiesta del Rey Acab*, romance em que retrata o fictício ditador Cesar Alejandro Carrillo Acab, inspirado no dominicano Rafael Trujillo, personagem recorrente, anos depois retratado também por Mario Vargas Llosa. O Rei Ahab, com H, é personagem bíblico, responsável por tomar um vinhedo alheio por sugestão da mulher.

Ainda em 1959, o paraguaio Augusto Roa Bastos publica *Filho do Homem*, escrito no exílio de Buenos Aires, traduzido seis anos depois pela Editora Civilização Brasileira. O autor descreve um período importante da história paraguaia, nas primeiras décadas do século XX, lançando mão de seu conhecimento sobre a vida campesina, tradições e linguagem, reflexos da infância vivida no interior do país. Livro de estreia do escritor, fará parte de uma trilogia sobre o monoteísmo no poder, concluída mais de 30 anos depois.

Também Miguel Otero não deu descanso aos ditadores venezuelanos. Em 1963, quando o país já vivia os últimos tempos do governo de Marcos Pérez Jimenez, o escritor lançou o romance *La Muerte de Honorio*, relato angustiante da prisão de cinco personagens, as sessões de tortura a que são submetidos e as histórias de suas vidas.

É tão grande a atração exercida pelo tema que até o inglês Graham Greene entrou nesta seara. Em 1966, antes do *boom* literário latino-americano, Greene publicou *Os Farsantes* (tradução brasileira para *The Comedians*, em Portugal traduzido literalmente como *Os Comediantes*), passado no Haiti do ditador François Duvalier, o Papa Doc. Graham Greene foi um escritor prolífico, com 60 romances publicados durante sua longa carreira – nascido em 1904, morreu aos 86 anos, em 1991. Viveu no México e viajou muito pela América Central e Caribe, locais em que localizou algumas de suas tramas. *Os Farsantes* foi levado ao cinema, com roteiro também escrito pelo próprio autor e estrelado pelo casal Richard Burton e Elizabeth Taylor.

Como Greene, no mesmo ano, outro autor de língua inglesa se aventurou pelas repúblicas tidas como "de bananas" (um parêntese necessário: hoje, 50 anos mais tarde, a tentativa de invasão do Capitólio norte-americano por fanáticos de Donald Trump fez com que até o ex-presidente George W. Bush comparasse os Estados Unidos a uma delas. A História é mestre em fazer ironias. A propósito, nos tempos do próprio Bush surgiu uma tira cômica, fazendo analogia entre o então presidente e os caudilhos da parte abaixo do Texas, depois reunidas em livro com o título de *Generalíssimo El Busho*, de autoria do cartunista político norte-americano Ted Rall).

Richard Powell foi um autor que transitou em diferentes esferas temáticas, inclusive a sátira aos países bananeiros. Em seu livro *Don Quixote U.S.A.*, o voluntário bostoniano do Peace Corps, Arthur Peabody Goodpasture (literalmente, *goodpasture* significa uma doença autoimune que ataca rins e pulmões) é enviado à República de San Marco. Ele é um simples agente para a expansão agrícola da pequena nação – situada, quem sabe, no Caribe – que ao chegar a Puerto Grande, a capital, passa a ser vítima de golpes variados. A questão é que há uma revolução em curso no país. O ditador o vê como agente da CIA. É assim que o ingênuo Arthur, depois de se meter em diversas trapalhadas, escolhe como seu parceiro e segurança um pilantra chamado Pepe, e com ele parte como Don Quixote e Sancho Pança para a Cordilheira Azul, reduto dos guerrilheiros Los Descalzos.

O livro satiriza não só a América Latina, mas também os Estados Unidos, naquele momento enviando seus soldados para a guerra no Vietnã. A diferença é que o simplório Goodpasture vira presidente da republiqueta, o que não aconteceria no sudeste asiático.

O livro serviu como inspiração a Woody Allen para seu filme *Bananas*, de 1971. No Brasil, foi lançado pela Nova Fronteira como *Dom Quixote Americano*, com a rigorosa tradução de Heitor Aquino Ferreira, um dos grandes talentos do corpo diplomático brasileiro, falecido ainda jovem.

É de 1967, um ano mais tarde, *El Tiempo de la Ira*, do mexicano Luis Spota, escritor e jornalista, autor prolífico com diversos filmes baseados em suas obras. O romance se desenvolve em um país fictício, como tantos do subgênero, porém mostra ações que nada possuem de imaginárias. A resenha de *El Confidencial*, que a tem como um dos melhores romances de ditadores e ditaduras, opina que, "estamos diante de um conto pormenorizado dos avatares políticos que, durante décadas, marcaram o acidentado trajeto dos povos latino-americanos. Nessas páginas – que se leem de assentada graças à apaixonante intriga e ao vertiginoso ritmo narrativo – Spota descreve a luta empreendida por César Darío, um militar idealista e inconformado que, transformado em líder popular, se rebela contra o ditador que oprime seus compatriotas, sem imaginar que, com o tempo, vá terminar seguindo os passos do tirano".

Alvaro Contreras Velez nasceu em 8 de abril de 1921, em San José da Costa Rica. Foi para a Guatemala em 1925, retornou ao seu país e, a partir de 1933, estabeleceu-se em definitivo na Cidade da Guatemala, onde fundou o jornal Prensa Libre. Em 1967, lançou o romance metafórico *A la Orden de Usted, General Otte!* Os cidadãos de um país imaginário, que poderia ser qualquer um das Américas abaixo da linha do Equador, já não usam métodos simples para derrotar o General Ote, como conta Elizabeth Abagail Thompson. Um grupo quer usar uma bomba para desestabilizar o país. Mas nem todos são a favor. O autor aproveita para apresentar os problemas que a bomba causaria. "É preciso considerar que o governo tomaria medidas tirânicas para dissolver essa manifestação", diz ele. Por outro lado, prossegue, "o regime funesto do General Otte se excedeu em seus abusos contra a liberdade e os direitos humanos... A casta militar reforça os trogloditas e cresce e se agiganta em seu despotismo". Uma parábola encaixada à perfeição na América Latina.

A seguir, em 1969, temos *Maten al León*, de Jorge Ibargüengoitia. Dele, o acadêmico Juan Campesino extraiu o trabalho *Elementos de Tom Cômico-sério em Maten al León*, publicado pela Universidade Autônoma do México. O romance conta a história da vida em uma ilha da Antilhas, em que o Marechal Manuel Belauzarán é candidato único em eleições em que ninguém vota, o que gera revolta na oposição liderada por Cussirat e seus seguidores. Tenta-se um atentado em um baile, em que a heroína Ángela Berriozábal irá tentar injetar veneno no futuro ditador, mas as coisas dão errado. Até que surge o músico Pereira, um tímido apaixonado por Ángela, que recebe de Cussirat seu revólver. Ao emocionar o Marechal com seu violino, o ditador lhe oferece uma gorjeta, e Pereira aproveita a oportunidade para lhe dar seis tiros na cabeça. *"Belaunzarán se fue de bruces sobre su plato, y manchó el mantel"*, escreve o autor.

Campesino destaca que a obra narrativa de Jorge Ibargüengoitia é atípica por onde se veja. É contemporânea do chamado *boom*, mas não pertence a nenhum dos catálogos. Por isso, ainda que seja de 1969, não se inclui entre a coleção dos Pais da Pátria, o movimento que gerou o *boom* referido acima. Sem desconhecer o fato, como ressalta Campesino: "é na comédia que se há de buscar principalmente a grande diferença que distingue Ibargüengoitia de seus homólogos".

Por volta de 1970 surgiram dois notáveis escritores surinameses, um dos países mais pobres e mais esquecidos das Américas: Edgar Cairo y Astrid Roemer. Depois de séculos como possessão holandesa, o Suriname tornou-se independente a partir de 1975, sem que a nova condição do país trouxesse os benefícios que dela se esperava. O primeiro presidente, Johan Ferrier, foi derrubado por um golpe de estado articulado por Desiré Bouterse, conhecido por Desi Bouterse. Entre idas e vindas, Bouterse segue sendo presidente do país, apesar de ter sido condenado por homicídio na Holanda e ser acusado de envolvimento com o narcotráfico. É uma das figuras que hoje representa com mais verossimilhança os velhos caudilhos do continente.

O Suriname não é um país simplista. Como nos conta Michiel van Kempen, em seu trabalho *Uma Breve História da Literatura Surinamesa*, escrito em holandês, o território conta com 22 idiomas. Quatro ou cinco são os mais falados, porém, as diferentes origens da população tornam o processo idiomático do país de extrema complexidade: as três grandes línguas literárias são o holandês, idioma oficial e língua materna de cada vez mais pessoas; o sranan, idioma dos escravos e seus descendentes, mas hoje falada pela maioria da população, e o sarnami, usada pelo setor mais pobre do povo. Ainda existe o surinamês–javanês, que é o idioma da terceira população em número de habitantes. Não é o caso de citar aqui o clássico livro de Campos de Carvalho, *O Homem que Sabia Javanês*, alguém de cultura insólita no Brasil, porém passível de se encontrar no Suriname.

Van Kempen registra a importância de Edgar Cairo y Astrid Roemer. "Nos anos 80 e 90 eles deixaram sua marca para a literatura surinamesa nos Países Baixos. Esses dois escritores lideraram uma crítica feroz contra a ditadura de Desi Bouterse." Afirma ainda que o regime militar, os cruéis assassinatos da oposição em 1982 e o sistema corrupto da polícia surinamesa, foram retratados nas mil páginas da trilogia de Astrid Roemer chamada *Roemers Drieling* (*As Trigêmeas de Roemer*, 2001). A trilogia é considerada a *opus magnum* da escritora, espécie de mentora dos movimentos feministas globais, incluindo a causa lésbica. Nas *Trigêmeas,* ela descreve a gênese e a decadência da jovem nação. "A complexa tessitura das personalidades e seus relacionamentos. Como pano de fundo, o nacionalismo dos anos 70, o militarismo, a guerra civil e os problemas econômicos. A autora expõe as raízes dos problemas do período: os traumas coloniais, as relações intrassociais em uma sociedade de pequeno porte, e o machismo "crioulo" (aqui no sentido que a palavra possui nos países hispânicos, ou seja, pessoas de origem europeia que dominaram a sociedade em seus primórdios) com seus ideais corruptos. Em sua complexa narrativa, Roemer procura deixar claro que ninguém é livre de culpa em um jovem e inviável país. O desmoronamento da República do Suriname tem suas raízes no passado."

10
PAIS DA PÁTRIA

O início de uma nova série de romances de ditadores se deve a uma iniciativa do mexicano Carlos Fuentes e do peruano Mario Vargas Llosa, reunidos para uma conferência literária em Londres em 1967. Ali, conforme descrição de Fuentes em *Geografia do Romance* (1993), imaginaram uma coletânea de narrativas que levaria como título "Os pais da pátria", inspirada no ensaio de Edmund Wilson, *Patriotic Gore,* de 1962. Além deles, fariam parte da coleção o paraguaio Augusto Roa Bastos, o argentino Julio Cortázar, o venezuelano Miguel Otero (a reedição revisada de *Fiebre*, em 1976, não tem sido computada como parte da lista), o colombiano Gabriel García Márquez, o cubano Alejo Carpentier, o dominicano Juan Bosch e os chilenos José Donoso e Jorge Edwards. Ou seja, obras escritas em castelhano, por autores hispânicos.

Vargas Llosa publicou dois anos depois (1969) o romance *Conversa na Catedral*, tradução literal de *Conversaciones em la Catedral*. Há duas considerações sobre a obra. A primeira se refere às traduções brasileiras, a primeira delas da poeta Olga Savary e, a seguinte, de Wladir Dupont (também autor da irrepreensível tradução de *A Festa do Bode*, do mesmo Vargas Llosa), em que a palavra "catedral" é usada na forma feminina, no sentido de templo. O gênero foi visto como inapropriado, já que "Catedral" era o nome de um bar tradicional de Lima. Portanto, deveria ter sido traduzida como "Conversas no Catedral", versão que a Companhia das Letras adotou a partir de suas edições, com a tradução de Paulina Wacht e Ari Roitman. Alinho-me com a primeira versão.

Nas palavras de Fernández López, "a narrativa transcorre durante os anos obscuros da ditadura de Manuel Odría, entre 1948 e 1956, e procura fazer uma análise minuciosa dos círculos do poder, o pequeno mundo do jornalismo marrom e dos cabarés da morte inglória".

No argumento da obra está a segunda questão a analisar. Não há motivos para que os estudiosos tenham evitado relacionar esse romance de Vargas Llosa nas relações de obras sobre ditadores, à exceção de Fernández López e Enrique Planas. Será que o próprio autor não a inclui? Ou será simples ausência de análise mais acurada, mesma razão que leva tais autores a também não considerar *O General em seu Labirinto*, de García Márquez, como integrante da relação, como se os dois vencedores do Nobel não pudessem retornar ao mesmo tema?

Sem que estivesse na relação inicial dos autores que iriam compor a coleção, ocorre em 1973 a publicação, pelo equatoriano Demetrio Aguilera Malta, de *El Secuestro del General*, sátira política que parte de um episódio ocorrido no Equador em 1970, durante o último dos governos de José Maria Velasco Ibarra. Com uma carreira política de 50 anos, Velasco Ibarra se elegeu presidente da República cinco vezes, terminando apenas um de seus mandatos. Em junho de 1970, durante uma crise financeira sem precedentes, sofrendo oposição de setores públicos, da comunidade acadêmica e de boa parte da população, declarou-se ditador com o apoio das Forças Armadas: passou a governar sob estado de sítio, fechou o Congresso, suspendeu a Constituição e, entre outras medidas de força, mandou destruir a imprensa da Universidade Central do Equador. Nada que não fosse recorrente a outras repúblicas da região. Em outubro do mesmo ano, às vésperas das comemorações da criação da Força Aérea Equatoriana, um general foi sequestrado. A polícia passou a revistar as casas das pessoas e a prender especialmente as consideradas de oposição, enquanto a opinião pública não recebia informações de nenhuma espécie. Meses mais tarde, o general reaparece, sem que se saiba o que ocorreu, nem se dê alguma explicação coerente. A mitificação popular, naquele momento de confronto político, em meio a uma ditadura, foi a inspiração para *El Secuestro del General*, segundo dos quatro romances escritos por Demetrio Aguilera Malta nos anos 1970.

Fato é que o projeto "Pais da Pátria" ficou restrito aos romances de Augusto Roa Bastos (*Eu o Supremo*), García Márquez (*O Outono do Patriarca*) e Alejo Carpentier (*O Recurso do Método*), conforme os comentadores – todos, ao que parece, copiando um "estudioso" autor dessa lista restritiva. Nem o venezuelano Arturo Uslar Pietri, que se intrometeu na trama com a publicação de *Oficio de Difuntos*, na mesma época, mereceu ser parte do rol – a não ser para a ensaísta Encarna Perez, na revista literária para escritores *Capítulo 1,* e, como veremos no parágrafo seguinte, Castellanos e Martinez, nos Estados Unidos. Muito menos a obra maior de Josué Guimarães, *Os Tambores Silenciosos*, esta, talvez, porque os idealizadores da série (ou seus "estudiosos") não conhecessem o autor. Ou porque o idioma português não fizesse parte do seu ideário.

Pode ser questão de unificação por data de lançamento: os três primeiros foram lançados com dois anos de diferença, entre 1974 e 1976. Mas a obra de Uslar Pietri também, o que não foi suficiente para incluí-lo, ainda que se saiba ter sido sua repercussão junto à crítica menor que a dos demais.

As justificativas podem variar. Dois estudiosos de origem latina ligados a instituições norte-americanas – Jorge Castellanos, do Marygrove College, e Miguel A. Martinez, da Loyola University, defendem que as novelas de ditadores surgiram apenas a partir das obras de Roa Bastos, García Márquez, Alejo Carpentier e Uslar Pietri, em que o ditador passa a ser personagem central da obra, quando não seu narrador. Antes disso, o que existia eram romances de ditadura, com poucas exceções. A tese carece de comprovação, quando se tem a desmenti-la tantas obras quanto, pelo menos, as de Valle-Inclán, Morante, Vargas Vila, Bedoya, Zalamea, Ayala e Guimarães. Se as exceções são muitas, deixam de ser.

Logo depois, no mesmo ano de 1976, o equatoriano Jorge Pedro Vera (Guaiaquil 1914-1999), tratou de trilhar também o caminho de seus colegas, com *El Pueblo Soy Yo*, clara paráfrase da frase célebre de Luís XIV. Vera já havia deixado rastros do tema no conto *Viva Velasco! y Otros Alaridos*, presente no livro *Los Mandamientos de la Ley de Dios*, de 1972. *El Pueblo Soy Yo* trata da figura de um ditador, embora seu nome não seja citado no livro. Mas não há dúvida que se refere a Velasco Ibarra, eleito presidente do Equador pela primeira vez em 1934.

No trabalho *La Construcción Del Dictador Populista en El Pueblo Soy Yo*, Luis Martúl Tobio, da Universidade de Santiago de Compostela, não deixa dúvidas de que o personagem é Velasco e o país, o Equador: "... é evidente que o país é o Equador pela menção a três territórios próprios de um país andino e a acontecimentos como a guerra fronteiriça com o Peru (1941-42). Sobretudo, o presidente, caudilho ou ditador presidencial é sem dúvida Velasco Ibarra." Martuil também destaca que, no plano do registro da expressão do narrador, a concepção de dualidade narrativa (narração em terceira pessoa intercalada com monólogos interiores) explica a utilização dominante – com instantes de condenação direta – da ironia, do sarcasmo e da paródia.

11
NA ESTEIRA DO *BOOM*

O tema não foi esgotado com o lançamento sequencial das obras seminais em meados de 1970. Nos anos seguintes, a realidade latino-americana continuou a assolar diferentes nações dos dois continentes.

Em 1977, quatro anos depois da tomada do poder pelos militares no Uruguai, o escritor Mario Benedetti, um dos principais ficcionistas do país, ao lado de Juan Carlos Onetti e Eduardo Galeano, lança no exílio o livro de contos *Con y Sin Nostalgia*, sobre a vida em um país, antes considerado a Suíça da América do Sul, que se tornou sede de violenta ditadura. É dos mais contundentes livros de ditadura.

Na América Central, revelou-se então um notável romancista. O nicaraguense Sergio Ramirez lançou naquele mesmo ano o romance *Tiveste Medo do Sangue?*, versão portuguesa do original *¿Te Dio Miedo la sangre?* sobre a ditadura da família Somoza, que já durava 40 anos. O resumo da obra no *site* Fondo de Cultura Económica diz que ela é "um retrato da Nicarágua dos anos 50 do século passado, um país que vive sob uma ditadura que parece nunca acabar e onde o poder arbitrário e paternal altera a vida de todos, de maneira inevitável. Escrita com humor e melancolia (a propósito, em Berlim, entre 1973 e

1975), por suas páginas desfilam guerrilheiros improvisados, mas valentes, líderes das frentes populares somozistas, um trio de músicos que vive entre sonhos e descalabros, cantineiros, prostitutas, rainhas de beleza eleitas de maneira fraudulenta, porque o velho Somoza, fundador da dinastia, corrompe todo mundo. Uma época obscura, em que os sonhos foram pervertidos, mas há quem mantenha viva a esperança".

Sergio Ramirez militou contra a ditadura dos Somoza e, depois da queda do regime chegou a vice-presidente do país. Mais tarde, afastou-se da ideologia sandinista, mantendo, porém, sua vasta atividade literária. Quarenta anos mais tarde, escolheu esta obra, da qual só temos em português a edição publicada em Portugal, para celebrar o Prêmio Cervantes de 2017, vencido merecidamente por ele. Sem jurados corrompidos, é claro.

Dois anos mais tarde, o haitiano René Depreste lançou o alegórico *O Pau de Sebo*, publicado no Brasil em 1983. O escritor é uma síntese da trajetória do intelectual latino-americano. Exilado do Haiti, viveu em Cuba e de lá fugiu, depois de se tornar dissidente do regime de Fidel Castro. Foi expulso da França por se envolver com o movimento de descolonização da África, e viveu no Brasil, na Hungria e na Tchecoslováquia, de onde também foi expulso. Aos 94 anos, voltou a morar em Paris.

O Pau de Sebo, romance curto (135 páginas), descreve a vida de Henri Postel, ex-senador submetido a um processo de zumbidificação pelo regime comandado pelo Venerável Dr. Zoocrata Zacarias, eletrificador das almas e presidente vitalício do Grande País Zacarino, paródia ao regime de Papa Doc, em que os personagens têm nomes como Faustin Soulouque, homônimo do antigo imperador, e Parfait Merdoie, cuja tradução é dispensável – e que contou com os incentivos de Jorge Amado na apresentação da versão brasileira.

O período posterior à queda na Nicarágua do último dos Somoza, Anastacio Somoza Debayle, em 19 de julho de 1979, gerou grande quantidade de obras impressas, das reportagens aos ensaios sociopolíticos. Na literatura, merece destaque o romance histórico de Francisco J. Mayorga, ambientado na época do terremoto de Manágua em 1931.

Pela pena de Antonio Skarmeta, romancista chileno, surgiu em 1982 o romance *A Insurreição*, em que o autor dá voz a seus protagonistas às vésperas da queda do ditador. Skarmeta tem estreita ligação com o cinema. Diversas de suas obras foram adaptadas para a tela, como este *A Insurreição* (versão dirigida por Peter Lilienthal), *O Carteiro e o Poeta* (sucesso de bilheteria, em filme dirigido por Michael Radford, com Philippe Noiret no papel de Pablo Neruda) e *O Dia em que a Poesia Derrotou um Ditador*, romance sobre episódio ocorrido durante o regime de Augusto Pinochet, em que um publicitário consegue criar uma campanha pelo voto contra a permanência do ditador no poder, levado ao cinema com o título de *NO*, adaptação que se revela melhor do que o livro que lhe deu origem.

A também chilena Isabel Allende – filha de diplomata, nascida em Lima – exilada durante o governo Pinochet, não deixou de abordar o tema. Quando de sua participação na Feira Literária de Paraty, em 2010, Isabel declarou que não seria escritora se o golpe contra o presidente Salvador Allende, primo de seu pai, não tivesse ocorrido.

Ela estreou em 1982 com o *best-seller A Casa dos Espíritos*, depois levado ao cinema pelo diretor Billie August, à frente de um elenco estrelado, encabeçado por Meryl Streep, Jeremy Irons, Winona Ryder e Antonio Banderas.

A seguir, em 1984, surge *De Amor e de Sombra*, publicado em português pela Bertrand Brasil, mais tarde também levado ao cinema, novamente com Antonio Banderas entre os protagonistas, desta vez ao lado de Jennifer Connelly. É o mais sólido romance da ditadura chilena. Dois jovens de origens distintas, ela da alta burguesia, ele da classe média, vão desenrolando os fatos da história do país. Enquanto reagem contra as versões oficiais, veem crescer o amor de um pelo outro.

Na mesma época, os argentinos eram submetidos a seguidos *shows* de horrores, com ameaças de guerra (contra o Chile), guerra propriamente dita (contra a Inglaterra), torturas, desaparecimentos de cidadãos, sequestros de crianças e, como cereja de bolo, a ascensão ao poder por um arremedo de Rasputin, travestido de assessor presidencial: López Rega.

A resposta literária não demorou. Luisa Valenzuela, nascida em 1938, filha de pais com ampla visão cultural, inovou na narrativa dos absurdos cometidos em sua pátria, publicando, em 1983, o romance *Cola de Lagartija*, impressionante ficção calcada no período. A convulsão política argentina aboliu o livre-pensamento enquanto abria as portas ao terror, fazendo "desaparecer" em torno de 30 mil pessoas.

Em março de 1983, foi publicado na Venezuela o romance de *La Tragedia del Generalísimo*, de Denzil Romero, sobre Sebastián Francisco de Miranda Rodríguez y Espinoza. Precursor da independência dos países sul-americanos, Miranda foi nomeado ditador da Venezuela com apoio da Inglaterra e derrotado em seguida pelas forças espanholas, com quem assinou um armistício. Considerado traidor por Simón Bolívar e seus companheiros, foi entregue à própria Espanha, onde morreu na prisão de Cádiz, em 1816.

O romance mereceu um minucioso trabalho acadêmico de Adrián Hernández Moreno, da Universidad Nacional Abierta, sobre o papel do herói, do "grande homem" que se vê solitário

– Gabriel García Márquez abordou a questão em *O Outono do Patriarca*, como se sabe. Moreno analisa a obra destacando o contraponto feito pelo autor com a Venezuela dos anos 1980, ao montar um amálgama entre fatos históricos e ficção, usando de ironia misturada à analogia.

Naqueles anos 1980, a ficção venezuelana recuperou figuras históricas que haviam sido negligenciadas na narrativa da independência nacional, especialmente mulheres, escravos e os pobres. Em *El Gran Dispensador*, de 1983, o escritor e advogado Manuel Trujillo traz à luz documentos históricos de um dos mais controversos episódios da história da Venezuela, a prisão, julgamento e execução por traição de Manuel Carlos Piar, um general mestiço, por Simón Bolívar.

O romance permite um olhar para a construção da "diferença" ali iniciada, fundamentada em documentos históricos em que se baseia firmemente o culto a Bolívar, já que interroga o status mítico de Simón Bolívar como libertador e herói, como esclarece um dos diversos documentos disponíveis na internet.

El Gran Dispensador é um romance de ditador, posto que Bolívar acumulou todos os epítetos cabíveis aos supermandatários, mas sua importância está na redescoberta de Manuel Carlos Piar, de quem se dizia irmão bastardo do próprio Bolívar e é considerado o caudilho libertador das Guianas. *Hermanos, pero no mucho...*

Em 1987, Asdrúbal González lança o livro *El Anti-heroe Pedro Carujo*, sobre o incorrigível revolucionário que dá nome ao livro. O interessante é que a obra traz uma epígrafe já na capa: *"Venezuela perdona a Pedro Carujo, por valiente."*

Segundo Eddy Barrios, a frase foi proposta em um decreto de apenas uma linha por Antonio Leocadio Guzmãn, quando Ministro do Interior. Logicamente, tal decreto, tão singular na história da Venezuela (e de qualquer outro país, acrescento), não foi aprovado, e assim ainda hoje se mantém, inalterado e jamais vigente.

O trabalho de Trujillo lança as bases para que Francisco Herrera Luque publique, no mesmo ano de 1987, o fundamental *Manuel Piar, Caudillo de Dos Colores,* que se insere em uma trilogia ficcional da mitologia da Venezuela. Segundo Fernando Guzmán Toro, em sua obra acadêmica *Una Nueva Escritura de la Historia o la Transmutación de un mito,* Luque desenvolveu uma importante obra no que se refere à interpretação histórica da Venezuela, que abarca desde a conquista pelos espanhóis, passando pela colônia, até os tempos atuais.

Segundo ele, o *Caudillo de Dos Colores* é uma história em forma de fábula de um dos principais protagonistas militares da independência venezuelana. Uma das principais contribuições da obra de Herrera, continua Toro, é a visão dinâmica da história, enfocada a partir do ponto de vista da história oculta e paralela à história oficial. E encerra dizendo que o livro representa uma valiosa oportunidade para analisar, por meio da literatura, a evolução da nação venezuelana em seus começos e todos os conflitos associados à formação do país.

Voltemos alguns anos no tempo para cruzar a América do Sul, desembarcando na Argentina, com uma escala na Bolívia. Em 1984, Augusto Céspedes traz sua contribuição valiosa para a estante dos romances de ditadores, com *Las Dos Queridas Del Tirano,* que tem por tema a vida do ditador Mariano Melgarejo, também personagem de R. Magalhães Júnior. Céspedes destaca obsessões do ditador, como sua veia destruidora; de resto, traço comum à categoria em que se enquadra.

Em Buenos Aires, surge O *Romance de Perón,* de 1985, obra de Tomás Eloy Martínez, ainda que não crie um personagem ficcional, é um ótimo romance de ditador. Nele, o velho caudilho e seu guru, o bruxo López Rega, cuidam no exílio da edição das memórias do General, discutindo as melhores maneiras de distorcer o presente, falsear o passado e maquinar o futuro, distorções em que eram mestres. O mesmo autor escreveu ainda um excelente romance de ditadura, *Purgatório*, publicado em 2009, poucos meses antes de falecer.

Deonísio da Silva, catarinense com múltiplas vivências país afora, em 1986 insere no subgênero sua criativa narrativa, em que se vale do recurso de escrever um livro dentro do livro, metalinguagem de que inúmeros escritores já se valeram, mas que o autor lhe dá outra função: em lugar de servir para a dualidade da narração (narrativa dos fatos *versus* monólogos interiores) o autor situa sua escrita em dois planos, história e atualidade. *A Cidade dos Padres* é um romance sobre dois regimes de força, com dois protagonistas, e seus inevitáveis desenlaces. Como já mencionado, o Marquês de Pombal, estrela do reinado português, governava por mandato real, porém agia de acordo com as próprias convicções. O general brasileiro, que determina a ação do período contemporâneo, agia de acordo com os interesses da farda que vestia.

No fim da década de 1980, García Márquez retornou à temática com *O General em seu Labirinto*, narrando os últimos dias de Simón Bolívar, libertador e fundador dos países andinos do norte, presidente, ditador, chefe e mandatário de Venezuela, Colômbia, Equador, Peru e Bolívia. O romance se detém nos últimos dias de Bolívar, doente de tuberculose, enquanto viaja pelo Rio Magdalena, na Colômbia, relembrando seu tempo de glória. O autor não esconde no texto a admiração pelo velho conquistador, razão pela qual o livro pode ser tido como homenagem.

A ditadura de Alfredo Stroessner, durante muito tempo a mais resistente do planeta, caiu por falência de material, em 1989. A década seguinte trouxe diversas obras que analisaram os 35 anos de desmandos do general, e algumas obras de ficção.

Augusto Roa Bastos contribuiu com *El Fiscal* (1993), ele que já tinha produzido as duas primeiras partes da trilogia sobre o monoteísmo no poder. Trata-se de um intelectual que usa o pseudônimo de Félix Moral, obrigado a se exilar na França para escapar de perseguição e torturas, de onde planeja executar Stroessner.

Outras foram publicadas, como *Stroessner Vampiro,* de Peña Cid, narrando a trajetória de um acadêmico mexicano que vai estudar em Assunção depois do fim da ditadura e descobre que Stroessner havia se convertido em vampiro. E *La Pasión de Lucrecia,* de Carlos Mateo Balmelli, sobre a filha adolescente de um ministro do governo ditatorial que se apaixona por um rapaz, ligação capaz de colocar em perigo a carreira e a vida do pai.

Em 1994, aparece o romance *No Tempo das Borboletas,* da escritora e poeta Julia Alvarez, sobre a saga das quatro irmãs Mirabal, assassinadas pelo governo Trujillo. Julia Alvarez, nascida em 1950, viveu na República Dominicana durante dez anos, até a família ser obrigada a radicar-se em definitivo nos Estados Unidos por problemas políticos com o tirano. Além de poesia, publicou diversas obras de literatura infantojuvenil com sucesso entre o público norte-americano. *No Tempo das Borboletas* foi publicado no Brasil pela Editora Rocco, em 2001.

Outra curiosidade demonstra a mina inesgotável de que brotam os enredos dos romances de ditadores. Em 1995, o autor norte-americano Sidney Sheldon, especializado em literatura de crimes (antes chamada literatura policial ou literatura negra) e em histórias de espionagem, aventurou-se no universo latino-americano dos ditadores de fancaria, com o livro *O Ditador*. A trama é engenhosa. Conta a história de Eddie, ator malsucedido que, ao se deparar com a esposa prestes a ter um filho em condições econômicas precárias, pede desesperadamente um emprego ao seu agente. Ele consegue incluir Eddie em uma companhia de teatro que se apresentará em Amador, pequeno país da América do Sul. Ao chegarem lá, descobrem que o ditador local, Ramón Bolívar, irá passar por uma operação, mas precisa que alguém o substitua secretamente no cargo. Eddie, por se parecer muito com Ramón, aceita a proposta. As diversas armadilhas preparadas para o substituto pelo próprio ditador dão à história momentos de emoção, com doses de intriga, corrupção e assassinato.

O Chile de Pinochet deixaria suas permanentes cicatrizes literárias também em Roberto Bolaño, escritor que na juventude viveu o golpe de 1973. Em 1996, ele publica *Estrela Distante*, romance em que desaparece um jovem poeta, frequentador das oficinas literárias: some de circulação depois do golpe militar de 1973 e reaparece com outro nome, como um piloto audaz que escreve versículos bíblicos e estranhos poemas nos céus do Chile. É o outro que se refaz no personagem original, mas disso só saberemos no correr do romance. Como afirma o *press release* da Companhia das Letras, que editou o livro no Brasil em 2009, "a exuberante imaginação de Bolaño, vazada em estilo límpido e rigoroso que lembra Cortázar e Borges, alimenta o curto, mas denso, *Estrela Distante*, no qual o leitor familiarizado com o autor (falecido aos 50 anos em 2003) vai reencontrar, satisfeito, muitos de seus temas e obsessões: o mergulho no universo dos poetas e escritores marginais e de vanguarda, a incursão por vezes jocosa pelo macabro, a ligação com o romance policial".

Já nos estertores do século XX, o nicaraguense Sergio Ramirez publica, em 1998, outro dos melhores romances da série de ditadores: *Margarita, Está Linda la Mar:* ganhador do Prêmio Internacional de Novela Alfaguara daquele ano, outorgado por um júri presidido por Carlos Fuentes, e do Prêmio Latino-americano de Novela José María Arguedas em 2000, outorgado pela Casa de las Américas, em Havana, Cuba.

Porém, o século XX não deixaria de finalizar com três obras de grande importância para o estudo do tema. Em 1999, o argentino Zelmar Acevedo Diaz surpreende trazendo uma mulher ao poder autoritário, com *La Dama de Cristal*. A trama envolve Eleonora Pia, jovem professora de Buenos Aires que se aventura para um local chamado Campogrande, encravado no deserto da Patagônia, onde vive a ensinar durante 14 anos. Torna-se líder da região e regressa a Buenos Aires como senadora. A partir de então, lidera a luta para desbancar do poder o caudilho Elisario Montesinos, baseada em documentos anônimos que recebe demonstrando a corrupção que cerca o presidente. Derrubado Montesinos, Eleonora é eleita presidente do Senado e, por via constitucional, vice-presidente da República. Quis então o destino que um acidente com o helicóptero em que viajava o novo presidente faça com que ela se torne presidente provisória da República. "Eleonora não é uma heroína, no sentido tradicional do termo, nem seu governo é uma proposta de destino. O autor buscou investi-la de debilidades, caprichos, erros e contradições, de certa personalidade melancólica e até hipocondríaca, ou seja, o mais próximo possível de um ser humano. Seu mandato é autoritário e, por momentos, despótico, cria um corpo paramilitar, as brigadas revolucionárias, estabelece o estado de exceção, dissolve o parlamento e adota uma série de medidas que arrastam o país à guerra", diz o blog do próprio autor.

O romance, que venceu o Prêmio Casa de Las Américas de 1999, traz dois elementos recorrentes: o diário da protagonista, por onde vemos o desenvolvimento da trama, e o espelho, metáfora da passagem do tempo e do enfrentamento da própria consciência.

Eis que o general Antonio Lopez de Santa Anna, aquele que gostava de sepultar a própria perna, torna-se personagem literário. Foi preciso que o jovem Enrique Serna, nascido em 1959 e que, em 2020 veio a ganhar o Prêmio Xavier Villaurutia, o mais prestigiado do México, tenha enfrentado o desafio para escrever *El Seductor de la Patria*, assim descrito por Francisco Rivela para a Recorded Books, começando por citar o próprio Santa Anna: "Ou vender eu a metade do México? Por Deus! Quando aprenderão 'los mexicanitos' que este barco afundou não foi só pelos erros do timoneiro, mas por desídia e torpeza dos remadores."

O resenhista prossegue: "Este excepcional romance é um brilhante sumário existencial da personalidade de Antonio Lopez de Santa Anna, o caudilho mexicano mais controvertido do século XIX. A profundidade psicológica, o domínio do suspense e um humor refinado que deram um selo próprio à narrativa de Enrique Serna, fundem-se aqui com uma rica investigação documental para criar um relato histórico apaixonante. Uma ficção contagiante, que ainda exibe as más formações genéticas do nacionalismo mexicano."

Enfim, Mario Vargas Llosa, a maior expressão da literatura peruana, já consagrado pela crítica mundial, voltou ao tema em 1999, mais de 35 anos depois de haver inventado, com Carlos Fuentes, a coleção "Pais da Pátria". E não chegou a passeio. *A Festa do Bode* é uma narrativa digna de ser incluída entre as melhores da literatura mundial. O autor encerra com ela o segundo século de narrativas sobre as ditaduras e os ditadores hispano-americanos, porém não esgota o tema, pela impossibilidade de se extinguir a categoria dos tiranos.

12
SÉCULO XXI

Mesmo porque as ditaduras (e seus ditadores) se mantenham ou reapareçam aqui e ali, a literatura continuou a se dedicar a elas, fazendo do tema um de seus mais interessantes patrimônios: romances que discutem, recriam e denunciam o sistema discricionário de poder.

Por isso mesmo, há quem continue a se ocupar deles, como Pedro Ángel Palou e o norte-americano Joel D. Hirst, viajante que já andou meio mundo, entre África, Ásia, Europa e América Central e Caribe. E um escritor francês de prestígio, Daniel Pennac, apaixonado pelo Brasil depois de ter vivido alguns anos em Fortaleza.

Em 2003, Pennac lançou pela Gallimard o romance *Le Dictateur et Le Homac*, editado no Brasil pela Rocco como *O Ditador e a Rede*. O autor, nascido em 1944 no Marrocos, de família corsa e provençal, batizado como Daniel Pennacchioni, possui vasta obra em diversas áreas literárias. Venceu em 2008 o *grand prix* Metropolis bleu pelo conjunto da sua obra.

Em *O Ditador e a Rede*, Pennac ambienta seu romance em um bananeiro país fictício, cuja capital é Teresina. Ali, o tirano que atende pelo prosaico nome de Manuel Pereira da Ponte Martins, agorafóbico, ou seja, com pânico para enfrentar multidões, consulta a vidente Mãe Branca. Esta lhe dá conselhos que transformam sua vida. Deixa um sósia em seu lugar enquanto vaga pela Europa. Seu duplo é também sósia de Rodolfo Valentino, o que facilita as coisas na república bananeira. Pereira viaja pelo planeta, enquanto até um sósia do sósia é convocado para fazer o papel de mandatário, em uma sucessão de Pereiras da Ponte Martins. Para não esquecer: sósias são fixações em muitos ditadores.

O site *El Confidencial* não poupa elogios e o inclui entre os dez melhores romances de ditadores: "Nas mãos do hábil Daniel Pennac, no entanto, o livro se transforma em uma elegante e bem estruturada sátira política e social, uma farsa sobre dilemas pessoais e tiranias... Nesse exercício literário com uma pitada do bom e velho realismo fantástico latino-americano e doses de um olhar estrangeiro sobre o Brasil, Daniel Pennac faz uma elegante e bem estruturada sátira do sistema político."

Já o crítico Sergio Cruz Lima, ainda que elogie o "tom ligeiramente zombeteiro quando se referem aos países de *la bàs*", não poupa o trabalho de Pennac: "Feitas as contas, esse romance franco-brasileiro não é nem francês nem brasileiro, mostrando que, também por lá, o romance anda em crise."

Pedro Ángel Palou lançou, em 2009, *Pobre Patria Mia*, romance sobre os últimos tempos de Porfirio Díaz, a partir de seu embarque para o exílio no navio Ypiranga e, depois, da Europa, observando o país sangrar. "A historiografia", explicou, "não dá a Porfirio Díaz o lugar que lhe corresponde: era ultranacionalista e neste livro ele mesmo narra parte de sua vida, a partir do exílio. Não é o Porfirio ególatra, soberbo e cego pelo poder. É um Díaz que conta os quatro últimos anos de sua vida no desterro e que se aflige por ver o país desmoronar".

A pergunta óbvia a ser feita por um pesquisador independente é sobre qual a versão mais próxima da realidade. Não se discute a bela imagem que o ego de Porfirio Díaz construiu sobre si mesmo. Por outro lado, na história do México estão impressas de formas indeléveis as marcas de sangue deixadas pelo tirano em seus infindáveis anos de poder.

Também na língua inglesa os romances de ditadores resistem. Joel D. Hirst publicou dois livros passados na República de San Porfírio, eufemismo para a Venezuela socialista – *The Lieutenant of San Porfírio* e *The Burning of San Porfírio*. O primeiro ganhou tradução na Argentina com o título de *El Teniente de San Porfírio*.

Carlos Alberto Montaner, jornalista e escritor cubano radicado em Miami, de conhecida posição à direita no espectro ideológico (é um dos autores do *Manual do Perfeito Idiota Latino-Americano*), resenhou *El Teniente* com entusiasmo incontido. A análise é saborosa:

"Da mesma maneira que existem países falidos, como Haiti e Serra Leoa, temos que admitir que existem países-manicômio. Nações em que os líderes parecem ter fugido de uma novela de Isabel Allende. Creio que não se questiona que a Venezuela é um desses países-manicômio, o que não tem nada a ver com uma nação séria e bem governada. Parece-se mais com uma casa de loucos que a um país normal. O defunto presidente Hugo Chávez acreditava que era a reencarnação de Simón Bolívar e adorava os ossos do Libertador, a ponto de desenterrá-los diante das câmeras de televisão e experimentar naquele momento um êxtase místico."

Montaner termina dizendo que "na Venezuela qualquer relação com a realidade é pura coincidência".

O ainda jovem Joel D. Hirst – não há informações confiáveis sobre sua idade – é uma sólida demonstração de que as ditaduras e os ditadores continuam a inspirar romances, talvez com o mesmo calibre de tantos aqui tratados.

Mas os romances de ditadores parecem resistir à ideia de que não haja mais nada a contar sobre os tiranos. Eles parecem possuir vida própria, destinada a sussurrar aos ouvidos e às mentes dos escritores novos temas, novas tramas, novos nomes ainda não explorados literariamente.

Ou mesmo novas gerações que sofrem os reflexos da vida sob a chibata de um ditador. A advogada chilena Alia Trabucco Zerán, nascida em 1983, em meio à era Pinochet, venceu com *La Resta* (*A Perda* seria uma tradução possível em português) o prêmio de Melhores Obras Literárias Inéditas, em castelhano, de 2014. Filha do cineasta Sergio Trabucco e da jornalista Faride Zerán, o romance de estreia da jovem escritora recebeu elogios desde que surgiu.

Foi publicada no Chile e na Espanha no ano seguinte e, em inglês em 2018, com o título de *The Remainder*. "Este é um romance sobre a difícil transmissão de uma herança política (...) Sobre o que se 'decide esquecer e o que se elege recordar'", destacou Alejandra Costamagna. "Três ex-militantes são confrontados por seus filhos. Felipe, Iquella e Paloma estão buscando uma maneira de viver", diz a apresentação da obra em inglês. E prossegue elogiando o livro como um *debut* notável, uma forma inovadora de contar os custos de uma dor que se estende por gerações.

Tanto é verdade que Mario Vargas Llosa voltou à carga com sua imensa tropa de recursos talentosos para escrever, e lançar em 2019, o ótimo *Tempos Ásperos*, em que narra o dramático período pelo qual passou a Guatemala nos anos 1950, com a derrubada do governo constitucional de Jácobo Árbenz e a ascensão ao poder financiada pela CIA de Carlos Castillo Armas, o Cara de Machado. Por trás das conspirações, pairava a United Fruit Company, conhecida por "La frutera", a maior corporação da América Central na época, exportadora de bananas para os Estados Unidos – e responsável por diversas repúblicas submetidas aos seus interesses serem conhecidas por repúblicas de bananas.

Uma esperta campanha publicitária veiculada na mídia norte-americana passou a considerar o governo Árbenz um instrumento para a entrada do comunismo na América Central. O presidente caiu, assim como Cara de Machado também se foi, três anos mais tarde, este assassinado quando já não mais servia aos interesses da fruteira e da geopolítica dos EUA.

Vargas Llosa usa como cenário tanto a Guatemala como a República Dominicana, país em que localizou *A Festa do Bode*, seu romance anterior sobre ditadores. Neste *Tempos Ásperos*, Rafael Trujillo é um esbirro do governo americano, coadjuvante nas conspirações para a derrubada de Árbenz.

Enfim, já no pandêmico 2020, a Editora Anagrama nos apresenta *Confesión*, romance do argentino Martín Kohan, com três seções distintas conectadas por dois personagens: Mirta López, a avó do narrador, e Jorge Rafael Videla, o militar que chegou ao poder com o golpe de 1976 e sob cujo mandato transcorreram os anos mais sinistros da ditadura argentina. Em entrevista à jornalista Leila Guerriero, do El País, Kohan diz que "Confesión não é um romance sobre Videla nem sobre a ditadura nem sobre as avós, mas sobre as múltiplas maneiras em que a monstruosidade convive perfeitamente com – e provém da – absoluta normalidade".

Videla, com seu bigodinho fino, seu perfil magro, suas aparições discretas, guardava em si um caráter monstruoso, que mandou matar milhares de militantes políticos, cujos filhos eram criados como se legítimos fossem por militares engajados com o regime. Jovens foram jogados no mar por aviões militares. Videla só não chegou ao cúmulo de fazer o que obrou seu sucessor, Leopoldo Gualtieri, que em um arroubo alcoólico mandou invadir as Ilhas Malvinas e declarou guerra à Inglaterra. Conhecemos bem o resultado da fanfarrice, mais uma tragédia cometida por um tirano e suas bazófias.

Alberto Hernández, oriundo de uma Venezuela sob duas décadas de populismo com tintas ditatoriais, em que o atual presidente Nicolás Maduro tem visões do falecido Hugo Chávez em forma de passarinho, não poupa a literatura de hoje:

"Desvelados os egos beneméritos, os supremos, os patriarcas e seus outonos, chegam os populistas apelidados de os eternos, os galácticos, santidades desenhadas que aparecem em forma de passarinhos (...) A história continua."

Em *Fiebre*, Miguel Otero Silva, ex-militante comunista, e com passagem também pela vida política, se refere às esperanças pelo fim da ditadura de Juan Vicente Gómez, na mesma Venezuela:

"Mas vocês falam em enterrar Gómez sem se dar conta que o verdadeiro problema é enterrar o 'gomecismo'. Dão demasiada importância à pessoa do velho andino e muito pouco aos aliados políticos de Gómez, que são Gómez, que fazem com que Gómez exista. Se enterrarmos Gómez e não tocarmos no parapeito que o sustenta, outro Gómez se equilibrará no parapeito que deixamos de tocar."

Assim a Venezuela, um país de tradição levantista, segue lutando com seus parapeitos, como a maioria dos países vizinhos. O que não temos mais com abundância é o talento de tantos escritores contemporâneos, multipremiados e invejados. Ou os exemplos estão aí, tenhamos alguns. O que tornará possível que um mestre da narrativa supere, no futuro, a qualidade das obras dos autores desta saga. A confiança na arte deve ser tão resistente quanto a esperança pelo fim dos regimes autoritários, na permanente luta entre o estoicismo e a utopia.

13
DISTÂNCIA E ABORDAGENS

Com poucas exceções, os autores das obras constantes do presente estudo viveram (e no caso de Vargas Llosa, Luisa Valenzuela e René Depreste continuam) longos períodos na Europa ou na América do Norte como diplomatas, professores, escritores ou simples exilados, amealhando vasta cultura exposta em algumas das obras (*Recurso do Método* e *Eu o Supremo*, por exemplo). A vida longe da pátria também lhes permitiu o necessário distanciamento crítico para a tessitura das tramas.

Este artigo não esgota a bibliografia da temática, porque os caudilhos centro e sul-americanos deixam marcas indeléveis na memória dos escritores e se mantêm como inesgotáveis fontes de inspiração, por inúmeros motivos, dos cômicos aos trágicos.

Os romances inspirados por eles caracterizam-se também pela diversidade das abordagens escolhidas pelos autores. O fato gerador é a vida sob o jugo do tirano, porém o romance pode ser narrado em primeira ou em terceira pessoa, do ponto de vista do ditador (*O Recurso do Método*, *Eu o Supremo* e *Pobre Patria Mia*), de seu fim (*O Outono do Patriarca* e *O General em seu Labirinto*), da miséria gerada por ele (*O Senhor Presidente*, *Muerte de Perros*), do terror imanente (*Os Farsantes*), de sua onipresença (*La sombra del Caudillo, O Senhor Presidente*) a partir de diferentes protagonistas (*A Festa do Bode*), com tintas biográficas (*Eu o Supremo, O General em seu Labirinto, O Romance de Perón*), comparado a um animal (*Las Fieras del Tropico*), a um bruxo (*O Pau de Sebo* e *Cola de Lagartija*), pela análise da personalidade do tirano (*Oficio de Difuntos*), pela linguagem satírica (*El Gran Burundú-Burundá* e *O Pau de Sebo*), pela dualidade de narrativas (*Eu o Supremo, A Cidade do Padres*) ou por qualquer outro recurso literário. Sobre todos paira a figura do chefe, presidente, ditador, supremo, benemérito, primeiro magistrado, caudilho, imperador, tirano, sátrapa, governador, déspota, bruxo ou qualquer que seja a nomenclatura do cargo conferida pelo autor.

Diz Octavio Ianni, citado por Eliane Dávilla Sávio em sua tese de pós-graduação *História e Literatura em Eu o Supremo de Augusto Roa Bastos*:

> "Tais romances, de certa maneira, constroem a fisionomia da sociedade nacional, da nação enquanto sociedade, cultura, história, lutas, vitórias, derrotas, dilemas, façanhas e fica bastante nítida a ressonância da nação no romance, e deste na imagem que uns e outros podem construir da nação que se espelha no ditador, levado às últimas consequências, enquanto criação histórica, a fantasia do escritor."

Acordada a premissa proposta por Ianni, todas as abordagens são possíveis e todos os resultados literários, pertinentes.

14
SÍNTESES

A relação de livros a seguir é resultado de escolha arbitrária do autor deste estudo. Ainda que outros títulos tenham sido citados, foram selecionadas 25 obras, da autoria de igual número de escritores, analisadas conforme as respectivas datas de publicação original: *Amalia* (1851-1855), *Nostromo* (1904); *La Sangre* (1914), *Las Fieras del Tropico* (1922), *Tirano Banderas* (1926); *La Sombra del Caudillo* (1929), *O Senhor Presidente* (1946), *El Gran Burundún-Burundá Ha muerto* (1952), *La Fiesta del Rey Acab* (1958), *Muertes de Perro* (1958), *La Muerte de Honorio* (1963); *Os Farsantes* (1966); *Eu o Supremo* (1974), *O Outono do Patriarca* (1975); *O Recurso do Método* (1974); *Oficio de Difuntos* (1976); *Os Tambores Silenciosos* (1977), *A Insurreição* (1982), *Cola de Lagartija* (1983), *O Romance de Perón* (1985), *De Amor e de Sombra* (1984), *No Tempo das Borboletas* (1994), *Margarita, Está Linda La Mar* (1998), *A Festa do Bode* (2000) e *Pobre Patria Mia* (2009). Todos os resumos, meros *briefings*, têm número de caracteres equivalente (entre 800 e 845), o que reduziu a abrangência da análise de muitas das obras.

Amalia, de José Mármol

O argentino Mármol fez parte da chamada "Geração de 37", moldada sob a ditadura do caudilho Juan Manuel de Rosas. Amalia foi inicialmente publicada como folhetim em jornal no Uruguai, retratando um frustrado caso de amor entre dois jovens, ocorrido no ano do terror – entre 4 de maio e 5 de outubro de 1840, período em que Rosas deflagrou a mais encarniçada perseguição a seus opositores. O rapaz é solteiro, a personagem-título, viúva, a quem não se dava, à época, autonomia para estabelecer o próprio caminho. É o que define a ação: rígidos princípios morais e violência política contra o amor. Está subjacente a dicotomia entre civilização e barbárie, já determinada por Sarmiento ao confrontar unitários e federais, alicerce que sustenta a obra, estética e ideologicamente. Existem tratativas para publicá-la em português.

Nostromo, de Joseph Conrad

Na introdução do livro, Conrad conta que em uma escala no México – ele viajou por todo o planeta – ouviu falar de um homem que havia roubado sozinho uma barcaça carregada de prata, em algum lugar de "tierra firme". Anos mais tarde publicou *Nostromo*, nome do protagonista: no porto de Sulaco, no fictício país de Costaguana, exporta-se a prata retirada da mina de San Tomé. Ambiente perfeito para corrupção, traições, ambição desmedida, convulsão política, movimentos separatistas e tiranos de toda natureza, sob a ditadura de Vincente Ribiera – antes de Guzmán Bento e depois de Pedro Montero. Em 1991, o diretor britânico David Lean estava iniciando a produção cinematográfica da obra com produção de Steven Spielberg e um elenco que teria Marlon Brando, Peter O'Toole, Isabella Rossellini e Christian Lambert entre os astros. A produção foi interrompida com a morte do diretor. Publicado no Brasil.

La Sangre, de Tulio Manuel Cestero

Com o subtítulo de *Una Vida Bajo La Tiranía*, é obra da lavra do mais conhecido autor dominicano. Cestero é um escritor com pleno domínio da narrativa, embora atado aos cânones clássicos do naturalismo, com descrições cruas e detalhadas dos espaços e ambientes. Na República Dominicana sob a ditadura de Hercules Heureaux, conhecido como Lilís, espécie de pai em tirania de Rafael Trujillo, o jovem Genaro segue para a vida no seminário, mas se torna um oportunista. Une-se à Máxima, filha de um estancieiro, de olho na fortuna do sogro. Por meio da dificuldade dos personagens em expressar seus sentimentos, Cestero mostra a falta de liberdade e a complexa problemática da alienada burguesia dominicana. Destaque para o uso da linguagem oral do povo, com provérbios, jargões e jogos verbais típicos da ilha. Inédita em português.

Las Fieras del Tropico, de Rafael Arévalo Martínez

O guatemalteco de fama internacional Arévalo Martínez era leitor de Rubén Darío e dos simbolistas franceses. *Las Fieras del Tropico*, localizada entre o conto e o romance, foi publicada como integrante de coletâneas de contos do autor em que homens eram comparados a animais: cachorro, elefante, cavalo, serpente e tigre, este no caso do personagem José de Vargas. Ramón Luis Acevedo tratou a inusitada temática como "um alucinante estudo psicozoológico", que prenuncia a arte narrativa desenvolvida depois pelo valleinclanismo. A ação se passa na república tropical de Orolandia, cujo estado de Atlanta é dominado pelo governador Vargas, arquétipo de ditador inspirado em Estrada Cabrera – mais tarde criticamente biografado por Arévalo Martínez em *Ecce Péricles*. Jamais editada em língua portuguesa.

Tirano Banderas, de Ramón do Valle-Inclán

Desde o nome, batizado com não disfarçada ironia por Valle-Inclán, o personagem-título é uma síntese dos ditadores hispano-americanos, neste romance inaugural da fase moderna dos romances de ditadores. A natureza descrita mistura cactos com estepes, pântanos com desertos, flores e frutas tropicais, desfrutados por índios e mestiços em Santa Fe de Tierra Firme, descritas nas cartas antigas como Punta de las Serpientes. O autor, ao ser questionado porque havia escolhido a profissão de escritor, respondeu que era a única a não ter chefe, o que se adequava a sua personalidade. Tirano Banderas também não admitia outro chefe que não ele. No fim do romance, cercado por bandos revoltosos, lamenta que "já me dão por morto, essas comadres". Caiu, enfim, crivado de balas. Seus algozes mandaram esquartejar o tronco e reparti-lo nas fronteiras, de mar a mar.

La Sombra del Caudillo, de Martín Luis Guzmán

Em maio de 1928, começam a ser publicados no jornal El Universal, da Cidade do México, e em diários de língua espanhola de San Antonio, no Texas, e Los Angeles, na California, os capítulos deste romance, editados em livro um ano depois na Espanha. Guzmán faz um relato ficcional baseado nos conflitos gerados nos governos de Álvaro Obregón (1920-1924) e de seu sucessor Plutarco Calles (1924-1928). Obregón tentou então ser reeleito para um novo mandato, como um titereiro manejando fantoches. Muitos anos mais tarde, em 1960, o cineasta Julio Bracho filmou a história na Cidade do México, mas se passaram três décadas antes que a censura do país permitisse sua exibição. Obra ainda discutida nos meios acadêmicos da América Central, foi traduzida para o inglês já em 1930, mas não teve a ventura de receber versão para a língua portuguesa.

O Senhor Presidente, de Miguel Angel Asturias

A edição brasileira da Editora Mundaréu traz uma pérola: o prefácio do venezuelano Arturo Uslar Pietri, autor também de um romance de ditador (ver *Ofício de Difuntos*). Amigo de Asturias enquanto viviam na França, Uslar Pietri assistiu a urdidura do romance que o prêmio Nobel de Literatura de 1967 escreveu durante o exílio. Publicado no México em 1946, o presidente do título é um ser implacável, de escassa participação na trama. Seu poder está impresso em cada gesto praticado no território que domina. Inspirado no lúgubre ditador guatemalteco Estrada Cabrera, é um romance sobre as agruras de um povo à sombra de uma figura onisciente e onipresente, à sombra de quem tudo gira. Inclusive o romance de seu guarda-costas, Miguel Cara de Anjo, com a filha do general que se torna o principal inimigo do regime. Um primor de trágica ironia.

El Gran Burundún-Burundá Ha Muerto, de Jorge Zalamea

Jorge Zalamea Borda foi um dos integrantes do grupo que trabalhou para renovar a literatura colombiana. Diplomata, Ministro da Educação, viveu exilado em Buenos Aires durante o governo ditatorial de Laureano Gómez, no início dos anos 1950. Na Argentina, escreveu e lançou em 1952 sua obra mais conhecida, *El Gran Burundún-Burundá Ha Muerto*, sátira ao ditador. Maria Dolores Jaramillo dá ao livro um caráter de poema cerimonial, teatral e carnavalesco do caudilhismo latino-americano, caricatura implacável e paródia, em que o trágico, o cômico e o grotesco se fundem. Ela tanto o relaciona a Valle-Inclán como o considera também um dos precursores do "realismo mágico". Helena Araújo acrescenta que *El Gran Burundún-Burundá*, "mais que um brilhante panfleto, é um trabalho de sátira retórica". Não recebeu tradução em português.

La Fiesta Del Rey Acab, de Enrique Lafourcade

Eis a irônica advertência que abre o romance: "Esta é uma obra de ficção pura. Portanto, o cenário e os personagens, incluindo o ditador Carrillo, são imaginários e qualquer semelhança com os países, situações ou pessoas reais é mera coincidência. Na verdade, todo mundo sabe que nem as Nações Unidas nem a Organização dos Estados Americanos permitem regimes como o que serve de pretexto a este romance." Seu modelo é o sanguinário Rafael Trujillo, ditador da República Dominicana a partir dos anos 1950. É o primeiro romance a tratar do desaparecimento e assassinato de Jesús de Galíndez, a mando do tirano. O acadêmico norte-americano Myron I. Lichtblau ressalta que a visão de Lafourcade sobre um governo ditatorial é de "algo incongruente e contraditório". Não parece haver dúvidas quanto a isso. O livro não foi traduzido para o português.

Muertes de Perro, de Francisco Ayala

Em 30 capítulos, a trama reconstrói a vida de Antón Bocanegra, todo poderoso de um pequeno país tropical das Américas. Pinedo, o narrador, é um inválido que assiste aos eventos a partir de sua cadeira de rodas. Sua principal fonte de informação é o diário recuperado do falecido historiador Tadeo Raquena, além das conversas com outros personagens. Em destaque, a arbitrariedade, o abuso de poder, a corrupção e a degradação humana em um mundo descaracterizado pelo governo ditatorial de Bocanegra. Ayala foi um escritor preocupado com a condição do homem no mundo, marcado por imenso pessimismo e profunda crise existencial. *Muertes de Perro* é uma obra polissêmica e de final enigmático, em que o próprio Pinedo trata de fazer justiça, literalmente, com as mãos. Traduzido para o inglês como *Death as Way of Life*, não foi publicado em português.

La Muerte de Honorio, de Miguel Otero Silva

A narrativa descreve a situação dos presos políticos durante a ditadura de Marcos Pérez Jiménez. Devido à linguagem, temática e referências diretas, o romance foi censurado na Espanha franquista. O livro se divide em duas partes chamadas de Cadernos. O primeiro tem como título *Cinco que no hablaron* e narra o traslado por via aérea de cinco presos (quatro dos quais tinham sido torturados). Os personagens são identificados por sua profissão (o guarda-livros, o jornalista, o médico, o capitão e o barbeiro). Na escuridão do calabouço, delirantes depois das sessões de tortura, eles vão contando suas histórias. O segundo caderno, *La muerte de Honorio*, gira em torno da figura de Honório, suposto filho do barbeiro, adotado de certa forma pelos demais, e funciona como epílogo às histórias de cada um deles. Não encontrado em português.

Os Farsantes, de Graham Greene

Greene foi um dos autores mais festejados da literatura mundial. Não gostava da definição, mas era tido como escritor católico, apesar de sua visão crítica do catolicismo. Ambientou seus romances em diversos continentes, inclusive na América Central e no Caribe, como *Os Farsantes*. No Haiti de François Duvalier, o terror impera pela ação dos *tonton macoutes*, a guarda do ditador. Brown, dono de um hotel em Porto Príncipe, é amante da esposa alemã do embaixador de um país da América do Sul, em cuja embaixada se refugia Jones, escroque inglês investigado em todos os lugares. O contraponto é feito pelo casal Smith, produto da ingenuidade dos grotões brancos dos Estados Unidos, que pretende implantar um centro de vegetarianismo no Haiti de Duvalier. Greene é autor de raro talento e, aqui, um intruso bem-vindo nesta seleção de obras sobre ditadores.

Eu o Supremo, de Augusto Roa Bastos

Um quase infinito monólogo, fluxo verbal ou diálogo alternativo entre o ditador supremo e seu escrivão, Policarpo Patiño. Uma das obras mais importantes da literatura. Roa Bastos teceu um romance que mistura história e ficção, narrado em primeira pessoa pelo suposto Supremo Ditador Perpétuo do Paraguai, Rodríguez de Francia. Inexorável em seu rigor e implacável em sua bondade, como dizia de si mesmo, El Supremo manda fuzilar um grupo de conspiradores que tentaram lhe derrubar do poder, dentre eles Fulgencio Yegros, com quem dividira o governo após a independência do Paraguai. Figura destemida, nacionaliza a igreja católica e avisa aos ingleses que "meu enferrujado urinol vale mais que a sua coroa".Ególatra e cínico, Francia é o exemplo do ditador latino-americano: culto, violento, ubíquo e contraditório, a se sobrepor sobre tudo e todos.

O Outono do Patriarca, de Gabriel García Márquez

Foi o romance em que García Márquez, prêmio Nobel de Literatura de 1982, mais ousou na forma de escrever, embora na fantasia não tenha ido tão longe quanto em *Cem Anos de Solidão*. Com longos períodos compondo cada frase, econômica na pontuação, a narrativa tem a dramaticidade própria do fim de um velho déspota. O poder vai se exaurindo enquanto os urubus aguardam o momento de assumirem os despojos. Seu palácio está ocupado por empregados, ministros, intrusos e vacas, esperando que "a lambada da morte derrube o velho potro pela raiz, enquanto as multidões frenéticas se lançam às ruas cantando os hinos de júbilo pela sua morte". As palavras finais soam como metáfora para as ditaduras de todos os quadrantes: "... o tempo incontável da eternidade havia por fim terminado".

O Recurso do Método, de Alejo Carpentier

O cubano Alejo Carpentier era homem de extensa cultura literária e artística, admirador de Shakespeare, da música clássica e dos prazeres da vida. O romance é pontuado com epígrafes de autoria de Descartes, ironia a mostrar que a América Latina significava o inverso da lógica. Até o título é referência ao *Discurso do Método*. O Primeiro Magistrado, que além de presidente é o supremo juiz, vive entre a residência em Paris e as incursões ao seu país para sufocar rebeliões. Ao longo do livro vê-se traído pelos auxiliares mais próximos e desprezado pela única filha, doidivanas cercada por artistas de vanguarda. Carpentier deu ao personagem a cultura que ele mesmo cultivava, de forma a demonstrar as incoerências dos ditadores, aqui inspirado, entre outros, no tirano Gerardo Machado, seu conterrâneo, e em Estrada Cabrera.

Ofício de Difuntos, de Arturo Uslar Pietri

Uslar Pietri, diplomata venezuelano e escritor de prestígio na vida cultural latino-americana, décadas depois de acompanhar em Paris a produção de *O Senhor Presidente*, de Miguel Angel Asturias, escreveu este *Ofício de Difuntos*, análise psicológica desenvolvida com ironia e humor. Uslar Pietri mostra como um caudilho de origem rural vai se transformando em ditador inescrupuloso, tomando por base a longa ditadura de Juan Vicente Gómez, que dominou a Venezuela entre 1903 e 1935. O poeta espanhol Santos Domínguez considera *Ofício de Difuntos* uma obra magistral, "habitada por personagens que representam a covardia e a corrupção, a crueldade e o valor, a astúcia e a injustiça, funde o pessoal e o coletivo e vai além do âmbito venezuelano para traçar um poderoso mural da realidade hispano-americana". Não mereceu versão em português.

Os Tambores Silenciosos, de Josué Guimarães

O escritor Alberto Mussa escreveu um resumo perfeito da obra: "Uma pequena cidade imaginária do interior gaúcho vive uma situação de censura extrema: o prefeito tinha cortado toda a comunicação com as demais cidades do país e confiscava todos os jornais que lá chegavam. Enquanto isso, sete velhas irmãs disputam o único binóculo da casa para ver o que se passa – alusão conjunta às Parcas, vigilantes do destino humano, e às Górgonas, que tinham um único olho (...) As personagens desfilam: a mulher do capitão, que é amante do sargento; o poeta, preso por ter em casa um livro de Jorge Amado; o prefeito, obcecado com as comemorações do Dia da Independência. (...)

paulatinamente, a cidade é assolada por uma misteriosa invasão de pássaros artificiais (...) que atrapalha a realização da festa e impede que os tambores toquem."

A Insurreição, de Antonio Skarmeta

No vilarejo de León, Agustín, filho varão de uma família simpática ao movimento sandinista, torna-se membro da Guarda Nacional, sob o comando do Capitão Flores, em apoio a Anastasio Somoza. O rapaz se vê sem outra opção, tendo em vista que sua negativa o levaria a ser considerado desertor, e a ditadura matava os desertores. Além disso, seus pais não têm como mantê-lo, porque não trabalham. Sua irmã Victoria, a mais desejada do lugar, tem um namorado sandinista, que viaja pelo país na tarefa de libertá-lo da ditadura. Um carteiro, um bombeiro, um padre sandinista (a igreja teve papel decisivo na queda de Somoza), um barbeiro e a mulher mais velha do local completam esse romance de linguagem irônica e bem-humorada, conforme texto de Romina Marchiane. O filme originado do livro teve produção alemã.

Cola de Lagartija, de Luisa Valenzuela

A argentina Luiza Valenzuela é autora de extensa obra, com admiradores de prestígio, como Carlos Fuentes. O personagem central de *Cola de Lagartija* é baseado na sinistra figura de López Rega, *El Brujo*, que foi assessor de Perón e de sua sucessora Isabelita, criador da AAA (Alianza Anticomunista Argentina) e adepto da magia negra. Um bruxo governa o fétido

Reino de Laguna Negra, sentado em um trono no formato de pirâmide asteca. Com órgãos hermafroditas, comete atrocidades com ambos os sexos, usando das mais abjetas degradações humanas. É um ser monstruoso, com três testículos, um dos quais considera sua irmã e pretende inseminá-la. Narrativa pós-moderna, em que não se economiza horrores – de resto praticados por López Rega em seus tempos de poder – o vigoroso *Cola de Lagartija* há décadas merece tradução para o português.

O Romance de Perón, de Tomás Eloy Martínez

Perón faz parte do imaginário argentino, como sua ex-mulher Evita, o cantor Carlos Gardel e Diego Maradona. Nesta obra, o autor coloca o general tramando as próprias memórias, tendo o bruxo José Lopez Rega como parceiro na empreitada. Tomás Eloy Martínez parte do massacre de Ezeiza, batalha campal que envolveu seguidores de Perón enquanto o velho caudilho era aguardado na sua volta à Argentina, para criar "um elenco de heróis inesquecíveis que vão do patético ao cômico, do grotesco ao sublime. Enquanto se batem numa epopeia absurda, cada qual vai apresentando uma versão dos fatos, uma visão da história, cifrando e decifrando aos olhos do leitor essa grande esfinge chamada Perón", conforme o resumo da edição brasileira, publicada pela Companhia das Letras.

De Amor e de Sombra, de Isabel Allende

Escrita durante seu exílio na Venezuela, a história se passa no Chile de Pinochet. A jovem jornalista Irene, de família aristocrata, e seu parceiro de trabalho, o fotógrafo espanhol Francisco, filho de um professor anarquista, vão para o interior em busca de uma reportagem sobre uma jovem adolescente com poderes paranormais, que em seguida é sequestrada pelo exército. A partir dos fatos, na tentativa de descobrir o paradeiro da jovem, Irene se dá conta da banalidade de sua vida até então, tomando conhecimento da realidade brutal e do submundo da ditadura. Aos poucos, Francisco conta a ela os segredos da luta contra o governo, enquanto os dois procuram fugir dos seus perseguidores, com Irene gravemente ferida. O amor de Irene e Francisco é um relato apaixonado a favor da fé na liberdade e na dignidade humanas.

No Tempo das Borboletas, de Julia Alvarez

As vozes das irmãs Mirabal as sobrepõem: Minerva, Patria, Maria Teresa e Dedé revelam fatos da sua vida e da luta armada a que se dedicaram. Eram As Borboletas, fundadoras de um movimento voltado à derrubada da ditadura. Em novembro de 1960, as três irmãs mais velhas foram encontradas mortas, junto aos destroços do seu jipe, em um precipício. O crime gerou uma crise e, com ela, a insurreição. Menos de um ano mais tarde, morre Trujillo, depois de 37 anos de poder. A autora faz um relato próprio de quem trouxe na alma e no coração o sofrimento causado por um regime insano. Obra de ficção com base em fatos, Julia Alvarez mostra o drama de famílias dominicanas que perderam tudo, inclusive o direito de viver em seu país. O romance foi levado ao cinema, produzido e estrelado pela atriz Salma Hayek, no papel de Minerva.

Margarita, Está Linda la Mar, de Sergio Ramírez

O título se vale de um poema de Rubén Dario, chamado de Príncipe dos Cisnes, autor nicaraguense mais conhecido internacionalmente. A ação se passa em León, Nicarágua, em épocas distintas. Em 1907, o poeta retorna de uma longa estada na Europa, sendo recebido com todas as honras. Quase 50 anos depois, o Capitão Prio e seus confrades aguardam a chegada do presidente Anastasio Somoza García, acompanhado da primeira-dama, Salvadorita. León é a cidade natal de Dario e de Somoza, contra quem conspiram os companheiros de tertúlia. Eles repassam a vida do poeta e dão por finalizados os preparativos para o atentado que será realizado naquela noite, durante um banquete em homenagem ao casal presidencial. O autor domina a técnica narrativa em sua plenitude, com personagens sólidos e ação envolvente. Infelizmente não traduzido em português.

A Festa do Bode, de Mario Vargas Llosa

Tem-se a impressão de que o subgênero foi gestado durante a maior parte do século XX para que, no limiar do novo milênio, surgisse uma das expressões máximas sobre o tema. Terceiro Nobel de Literatura a tratar de ditadores, o peruano Vargas Llosa escreveu esse monumento literário também baseado (depois de Lafourcade) na truculenta figura de Rafael Leonidas Trujillo Molina, tão egocêntrico que mudou o nome da capital São Domingos para Ciudad Trujillo. Violento, mandava assassinar seus adversários com um imperceptível sinal de cabeça. As festas do bode são uma tradição ibero-americana em que se mata um bode (*chivo* em espanhol) para ser traçado pelo povo em um dia de festa. Aqui o bode é o ditador. Em meio a sua festa de aniversário, um atentado é perpetrado para acabar com sua vida. Mas não será essa morte a de todos os ditadores, como bem advertiu o autor.

Pobre Patria Mía, de Pedro A. Palou

Ficaram para trás as vitórias contra a intervenção francesa, as festas do Centenário e a severidade que o fazia matar os inimigos no calor da disputa. Para o velho general, não existe realidade mais ingrata: levantou uma nação que parecia um animal incivilizado; tratou-a com calma, em ordem, construiu estrada de ferro, produziu petróleo, trouxe a modernidade, porém o México lhe deu as costas e agora lamenta que seu corpo já não seja capaz de enfrentar uma nova guerra. A memória e o tempo o consomem, mas a clareza das recordações não lhe abandona nem o impede de voltar à infância e à juventude, e a enfrentar Juarez, Lerdo de Tejada ou Madero. O autor cria um fluxo de consciência para o ditador desterrado, no qual justifica seus atos e não esconde a admiração pelo personagem.

15
DRAMATURGIA BRASILEIRA

Se não tivemos romances de ditador sobre tiranos brasileiros, também não fomos privados de obras na área da dramaturgia, no cinema e no teatro, em que eles se tornaram metáforas em caudilhos de origem hispânica.

As primeiras iniciativas foram de autoria de Glauber Rocha, que em 1967 lançou o filme *Terra em Transe*, ambientado em um país fictício chamado Eldorado – um dos personagens é Porfirio Díaz, homônimo do ex-ditador mexicano. Três anos mais tarde, exilado na Europa, roteirizou e dirigiu o filme *Cabezas Cortadas*, filmado na Espanha com capital e elenco espanhóis. Nele, o déspota Díaz do país Eldorado – Glauber gostava de repetir nomes, mas o filme não é sequência de *Terra em Transe* – vive isolado em um castelo, em meio a delírios, sem mais poder. Tudo a ver com o fim de tantos ditadores latino-americanos. São duas obras seminais do cinema brasileiro.

Outra investida se deu pelo teatro. Escrita por Oduvaldo Vianna Filho em 1968, a peça *Papa Highirte* faz referência ao Papa Doc haitiano. O personagem-título, ex-ditador de Montalva, vive em um *bunker* no exílio da república latino-americana de Alhambra. A peça foi liberada pela censura para montagem apenas em 1979, mesma época em que a Lei da Anistia permitiu o retorno de centenas de brasileiros exilados. A peça foi publicada em livro pela Editora Temporal, com organização da professora Maria Sílvia Betti.

16
REFERÊNCIAS

ACEVEDO, Ramón Luis. "El Dictador y la Dictadura en 'Las Fieras del Tropico', de Rafael Arévalo Martínez." *Revista Iberoamericana*, 1989. Disponível em: <https://revista-iberoamericana.pitt.edu/ojs/index.php/Iberoamericana/article/view/4573>. Acesso em 03 de abril de 2021.

ARANA, Roberto Gonzalez; VILABOY, Sergio Guerra. *Dictaduras del Caribe. Estudio Comparado de las Tiranías de Juan Vicente Gómez, Gerardo Machado, Fulgencio Batista, Leónidas Trujillo, Los Somoza y los Duvalier*. Universidad del Norte, 2018.

BEZERRA, Ana Luiza. *América Aracnídea: Teias Culturais Interamericanas*. Civilização Brasileira, 2011.

BUSTAMANTE, Francisco. "Jicoténcal, Temprana Novela Histórica Latinoamericana entre la Postindependencia y el Neocolonialismo". *Revista Landa*, 2017. Disponível em: < https://repositorio.ufsc.br/handle/12345 6789/177429?show=full>. Acesso em 03 de abril de 2021.

CARROL, Rory. *Comandante: a Venezuela de Hugo Chávez*. Intrínseca, 2013.

DÍAZ, Gwendolyn. "Postmodernismo y Teoría del Caos en 'Cola de lagartija' de Luisa Valenzuela". *Asociación de Estudios de Género y Sexualidades*, 1994. pp. 97-105. Disponível em: <https://www.jstor.org/stable/23022480?seq=1 >. Acesso em 03 de abril de 2021.

DOLORES, Maria. "Jorge Zalamea e El Gran Burundún-Burundá". *Revista Iberoamericana*, 2000. Disponível em: <https://revista-iberoamericana.

pitt.edu/ojs/index.php/Iberoamericana/article/download/5797/5943>. Acesso em 03 de abril de 2021.

DOMÍNGUEZ, Santos. "Úslar Pietri. Oficio de defuntos". *Encuentros de Lecturas*, 22 jan. 2018. Disponível em: <https://encuentrosconlasletras. blogspot.com/2018/01/uslar-pietri-oficio-de-difuntos.html>. Acesso em 03 de abril de 2021.

DOMÍNIO Público. Disponível em: < http://www.dominiopublico.gov.br/>.

FUENTES, Carlos. *El Espejo Enterrado*. Tierra Firme, 1994.

GONZALEZ, Asdrubal. *El Anti-heroe Pedro Carujo*. Planeta, 1990.

GOULART, Cátia. "Ficção, Memória e Identidades na América Latina, uma Perspectiva Decolonial". *Seminário Internacional de História da Literatura*. PUCRS, Porto Alegre, 2014.

HERNÁNDEZ, Alberto. Crónicas Del Olvido. Disponíveis online.

LICHTBLAU, Myron I. "The Dictator Theme as Irony in Lafourcade's 'La Fiesta del Rey Acab'". *Latin American Literary Review*, 1973, pp. 75-83. Disponível em: <https://www.jstor.org/stable/20118897?seq=1>. Acesso em 03 de abril de 2021.

LÓPEZ, Justo Fernández. "La Novela del Dictador". *Hispanoteca*. Disponível em: <http://www.hispanoteca.eu/Literatura%20LA/La%20novela%20 del%20dictador.htm>. Acesso em 02 de abril de 2021.

MARCHIONE, Romina Gisele Hildago. "'La Insurrección', Historias Personales desde Nicaragua. La Huella Digital. 6 jun. 2019. Disponível em: <http://www.lahuelladigital.com/la-insurreccion-historias-personales-desde-nicaragua/>. Acesso em 03 de abril de 2021.

MÁRQUEZ, Gabriel García. *O Escândalo do Século*. 3ª ed. Editora Record, 2020.

MARTIS, Ana Cecília Impellizieri. *O Homem que Aprendeu o Brasil: A vida de Paulo Rónai*. Todavia, 2020.

MUSSA, Alberto. "Os Tambores Silenciosos". *Jornal Rascunho*, abr. 2014. pp. 3. Disponível em: < https://rascunho.com.br/wp-content/uploads/2014/03/Rascunho_168_book.pdf>.

NAVARRO, Márcia Hoppe. *Romance de um Ditador*. São Paulo: Ícone Editora, 1989.

PIÑON, Nélida (coord.) *As Matrizes do Fabulário Ibero-Americano*. São Paulo: Edusp, 2016.

PLAZA, Carlos Ferrer. "Imaginario Gótico e Intencionalidad Política en Amalia, de José Mármol". *Itinerários – Revista de Literatura*. Universidade Federal de Viçosa, Minas Gerais, 2018. Disponível em: <https://periodicos.fclar.unesp.br/itinerarios/article/view/10739>. Acesso em 02 de abril de 2021.

RODRÍGUEZ, Ana Mónica. "Pobre Patria Mía Coloca a Porfirio Díaz 'en su justo lugar', Alejado de Estigmas". *La Jornada*, 4. jul. 2010. Disponível em: < https://www.jornada.com.mx/2010/07/04/cultura/a16n1cul>. Acesso em 03 de abril de 2021.

SÁNCHEZ, Yoani. *De Cuba, Com Carinho*. Contexto, 2012.

SAVIO, Eliane Dávilla. "História e Literatura em 'Eu o Supremo', de Antônio Augusto Roa Bastos". *Dissertação (Mestrado em Sociedade, Cultura e Fronteiras)*. Universidade Estadual do Oeste do Paraná, Foz do Iguaçu, 2017. Disponível em: <http://bdtd.ibict.br/vufind/Record/UNIOESTE-1_683fbcde5a6c6a7387138d8e1bf637ad>. Acesso em 02 de abril de 2021.

TAQUARI, Carlos. *Tiranos e Tiranetes: A Ascensão e Queda dos Ditadores Latino-americanos e sua Vocação para o Ridículo e o Absurdo*. Civilização Brasileira, 2012.

VERA, Helio. *En Busca del Hueso Perdido (tratado de Paraguayologia)*. RP Ediciones, 1990.

WIKIPÉDIA. "Sidney Sheldon". Disponível em: < https://pt.wikipedia.org/wiki/Sidney_Sheldon>.

Além das referências acima, também foram utilizadas introduções, prefácios, prólogos, apresentações e *press releases* das editoras das obras citadas: boa parte delas, inclusive as não editadas em português, disponíveis na internet.